Don Luis Leal

Una vida y dos culturas

Conversaciones con Víctor Fuentes

The Nepantla Latin@
Collection

"Between Two Worlds"

100% Title V Grant Funded

Bilingual Press/Editorial Bilingüe

General Editor
Gary D. Keller

Managing Editor
Karen S. Van Hooft

Associate Editors
Karen M. Akins
Barbara H. Firoozye

Assistant Editor
Linda St. George Thurston

Address:
Bilingual Press
Hispanic Research Center
Arizona State University
P.O. Box 872702
Tempe, Arizona 85287-2702
(602) 965-3867

Don Luis Leal

Una vida y dos culturas

CONVERSACIONES CON VÍCTOR FUENTES

Luis Leal, with Víctor Fuentes

Bilingual Review/Press
TEMPE, ARIZONA

ISBN 0-927534-77-0

Library of Congress Cataloging-in-Publication Data

Leal, Luis, 1907-
    Don Luis Leal : una vida y dos culturas / conversaciones con
    Víctor Fuentes.
        p.   cm.
    ISBN 0-927534-77-0
    1. Leal, Luis, 1907- —Interviews.   2. Critics—Mexico—
Interviews.   3. Critics—United States—Interviews.   I. Fuentes,
Víctor, 1933- .   II. Title.
PQ7109.L43L4   1998   98-5407
860.9'972—dc21   CIP

PRINTED IN THE UNITED STATES OF AMERICA

Cover design, interior by John Wincek, Aerocraft Charter Art Service

Cover: Luis Leal with his father, Luis Leal Ardines

Índice

1 Presentación: 1

     Una vida en diálogo   1

     Una palabrita   3

2 Un hijo de la Revolución Mexicana   5

3 Buceo en las memorias de la niñez   11

4 El realismo mágico y la magia del arte   19

5 Chicago (1927-1943)   27

6 La Segunda Guerra Mundial, las Filipinas y de vuelta en Chicago   35

7 La forja de un nuevo crítico y el "Boom" de la literatura hispano-americana   43

8 Los años 50: en el Sur de Faulkner y el México de Rulfo   51

9 Entre la literatura mexicana y la chicana   63

     Fotografías   73

10 Cultura, literatura y crítica chicana: cara al futuro   83

11 Sobre posmodernidad y la relación ciencia y arte   93

12 Entre dos culturas: México y Estados Unidos   99

13 La Cátedra Luis Leal y el Águila Azteca   109

14 Devolver la voz a los sin voz   117

15 Diálogo en Las Delicias   125

16 Balance de una obra crítica: "Ya tenemos voz"   135

17 Epílogo o ¿nuevo comienzo? Frente al Mar Pacífico   147

1

Presentación

Una vida en diálogo

Por su larga vida y extensa obra, Luis Leal es, en este fin de siglo, la personalidad más representativa de una tradición de estudiosos de la literatura y de la cultura hispanoamericana, en Estados Unidos, que se remonta a principios del siglo XX y que cuenta con nombres tan famosos como los de Henríquez Ureña, Aurelio Espinosa, Federico de Onís, Ángel Flores, Torres Ríoseco, entre toda una secuela de hombres y mujeres que han mantenido viva la esplendorosa llama escrita de nuestra cultura en este país.

Como mexicano y mexicanista, la labor pionera de Luis Leal ha sido públicamente reconocida por figuras como Octavio Paz y Carlos Fuentes. Como estudioso de la literatura chicana, ha puesto todo su empeño en contribuir a devolver a la literatura del pueblo chicano la visibilidad y la voz que, por más de cien años, la cultura dominante, anglosajona, le había negado. Por todo ello, Luis Leal ha recibido numerosos homenajes y adhesiones de quienes se consideran sus discípulos. La nación mexicana le ha distinguido con el galardón de "El Águila Azteca", y en la Universidad de California, en Santa Bárbara, se ha inaugurado una cátedra bajo el nombre "Luis Leal Endowed Chair", de la cual él ha sido el primer ocupante. El 29 de septiembre de 1997 recibió la Medalla Nacional de Humanidades, concedida por el presidente Clinton en la Casa Blanca.

A pesar de todos sus logros, y altas distinciones, Luis Leal es una persona de honda sencillez y—para decirlo con el verso de Antonio Machado—"en el buen sentido de la palabra, bueno". El siguiente libro es su retrato, en su propia voz, y en relación dialógica con quien esto escribe.

Luis Leal vino a Santa Bárbara, a mediados de la década de los 70 y al borde de sus setenta años, a iniciar una nueva fase de su existencia. Lejos de la imagen del ser sedentario que conlleva la figura del *scholar*, en su modo de ser en el mundo hay mucho de existencia exiliada, en lo que ésta tiene de no ver en el enraizamiento la clave de todas las relaciones de las que hemos de dar cuenta y de responder.

El ser como verbo, la vida como paso (no por nada la frontera es uno de sus temas de estudio favoritos), Luis Leal llegó a Santa Bárbara como si siempre hubiera estado aquí. El don de su presencia, como regalo, se convirtió en ese "don", como reconocimiento, bajo el cual todo el mundo le conoce aquí, tanto en el ámbito comunitario como en el universitario: Don Luis.

1

En distintos cafés y restaurantes, cercanos a la universidad (Pepe's, Las Delicias, Beachside Cafe), don Luis ha revivido las costumbres hispánicas de la tertulia del café y del arte de la conversación. Tertulias suyas con un grupo de colegas, estudiantes y amigos, abiertas a todo quien estuviera de paso. Hasta una vez, una de las meseras chicanas de Pepe's, al oírnos hablar en español, nos dijo que ella era poeta y, dejando de servir los platos, se sentó entre nosotros a leernos su poesía, ante la consternación del *manager*.

De vez en cuando, en nuestras charlas afloraban recuerdos de una vida que ha atravesado casi todo el siglo XX; imágenes evocadoras del "Salón Rojo", una de las primeras salas de cine en la capital mexicana, de la entrada en ésta de Villa y Zapata, de un gángster haciendo guardia con su metralleta en una barbería de Chicago, de los bombardeos japoneses en una isla del Pacífico, de una comida con Rulfo en Guadalajara . . . También, continuamente nos deleitaba con hondas reflexiones sobre la cultura, la literatura y la crítica o el último acontecimiento de la actualidad mundial.

De aquello nació el proyecto de escribir este libro de la vida y pensamiento de don Luis en diálogo, del deseo de proyectar nuestra tertulia en el tiempo, de hacer que el lector/a sea parte de ella, como aquella mesera del Pepe's Restaurant.

Don Luis Leal tiene un extensísimo discurso escrito que ya ha sido objeto de estudio y lo seguirá siendo. En las conversaciones de este libro, la presencia del autor da su fe de vida al discurso escrito. Su decir refrenda, de modo vivo y actual, lo ya dicho. En nuestro mano a mano y cara a cara, el rostro y el discurso aparecen unidos. En el decir el rostro habla (de aquí las frecuentes alusiones, en la notación escrita, a la risa, toda una alegre celebración de la vida, en un siglo de tantas dimensiones catastróficas); por eso, en la transcripción nos hemos esforzado por recoger el hálito y el ritmo vivo de la voz hablada. De aquí que en la transcripción de estas conversaciones hayamos dejado huellas de lo que en la obra escrita podría considerarse como incorrecciones.

Como nota final de esta presentación dejaré un testimonio de mi frustración, pero también "revelación" como biógrafo. Por muchas horas, ahora páginas, quise llevar la conversación a la búsqueda de un núcleo interno, íntimo, en la personalidad de don Luis que explicara al ser en su propia subjetividad. Tarea frustrante y a la par inútil, pues, como fui descubriendo a través del diálogo, el ser no es una esencia, sino un verbo activo que se va configurando en la acción y la relación con los otros: desbordándose, saliéndose fuera de sí, dándose.

Esa verdadera intimidad des-inter-esada (palabra escrita en tres voces para subrayar, como pide Emanuel Lévinas, el filósofo de la ética, la salida del ser que ello significa) de don Luis se me reveló, en forma epifánica, en nuestra conversación en Las Delicias. Allí, entre comida, hablando de México, en medio de gente del pueblo, con sus voces y risas, el rostro de don Luis se iluminaba en la proximidad—y con la responsabilidad—del otro. Espero, lector/a, que estas páginas dialógicas te hagan partícipe de tal proximidad y responsabilidad.

Víctor Fuentes

Una palabrita

*V*arias veces mi colega Víctor Fuentes me había instado a que escribiera mis memorias. Como no lo hacía, cambió de estrategia y me propuso que sostuviéramos una serie de conversaciones, que él grabaría. Consentí, y el resultado es el libro que el lector/a tiene en sus manos.

La tarea fue agradable, pero ardua; primero las entrevistas, mejor dicho el agudo interrogatorio de Víctor y mis no siempre lúcidas respuestas; la segunda fase, la más difícil tal vez, fue la transcripción de las numerosas cintas, ya que algunas fueron grabadas en lugares públicos. Con el texto en manos de Víctor, la siguiente etapa consistió en editar las transcripciones y darles forma aceptable, tarea que llevó a cabo con sorprendente entusiasmo y buen juicio. Cuando el manuscrito llegó a mis manos, ya pasado por la computadora pero sin cambios en mi discurso oral, cuál no sería mi sorpresa al descubrir que era totalmente antigramatical y lleno de muletillas inútiles. ¿Así hablo yo?, me pregunté, y me sigo preguntando.

Lo único que me consuela es lo que me dice Víctor, esto es, que en mi discurso oral encuentra cierto ritmo que deseaba mantener. Espero que ese ritmo compense por los otros defectos. Hubiera sido fácil pedirle que me pasara las preguntas por escrito y que yo las contestara en la misma forma. Sin embargo, se hubiera perdido lo espontáneo de las respuestas, pues habría intervenido el deseo de elaborarlas, de consultar fuentes para no cometer errores, de producir un texto literario. Guiado por el deseo de mantener el ritmo, hice el mínimo de correcciones. Espero que el lector lo encuentre satisfactorio y que no le enfaden las repeticiones, las muletillas y hasta algunos errores gramaticales. Las respuestas fueron espontáneas, sin ser pensadas de antemano, sin ser pasadas por el cedazo de la composición escrita, con excepción de la lista de obras que han tenido influencia sobre mi vida y una que otra anécdota.

Más de una vez en sus apartes y en algunas de sus preguntas se queja Víctor de mi hermetismo, sobre todo cuando la pregunta va dirigida a mi vida personal. Ésa fue la segunda sorpresa que recibí al leer las transcripciones de las varias conversaciones. Sé que hoy en día están de moda las autobiografías y las entrevistas en las cuales el sujeto revela sus más íntimos secretos. Yo me pregunto, ¿a quién interesa ese aspecto de la vida del entrevistado? Lo importante estriba en descubrir—y con eso Víctor ha cumplido a las mil maravillas—los motivos intelectuales que han formado el carácter del sujeto y no en sacar al sol secretos personales, y no tan jugosos, como aquéllos que todo el mundo tiene, y que sólo interesan a unos cuantos lectores.

La labor de preparar el manuscrito recayó sobre los hombros de mi colega y amigo Víctor Fuentes, a quien le quedo muy agradecido. Sin duda este libro estrechará nuestra amistad, que se inició el momento que nos conocimos aquí en la Universidad de California en Santa Bárbara. Estoy seguro que nuestras conversaciones continuarán, en Las Delicias, frente al mar, en la universidad, pero sin la grabadora ni las preocupaciones por decir algo inteligente y/o inaudito cada vez que se formula o contesta una pregunta. Y, como en los corridos, ya con estas palabritas me despido.

Luis Leal

2

UN HIJO DE LA REVOLUCIÓN MEXICANA

Tribulaciones de una familia de la revolución

Bueno, don Luis, hoy en este día soleado del 5 de abril, 1994, empezamos estas conversaciones que tratan de rescatar recuerdos de su vida y esbozar un gráfico oral de su biografía personal e intelectual. Usted que nació en la misma fecha que Andrés Iduarte, autor de la autobiografía, Un niño en la Revolución Mexicana, *¿qué imágenes le vienen a la memoria de usted como "un niño en la revolución"?*

Muy bien, Víctor, como usted ha dicho, Iduarte y yo nacimos en el mismo año, 1907, sólo que él nació en el sur de México, en la costa del golfo, y yo nací muy al norte, muy cerca de la frontera, en Linares. Y la Revolución Mexicana, de la cual hablaba Iduarte en su librito, *Un niño en la Revolución Mexicana,* está vista desde la perspectiva de los acontecimientos en Tabasco, que es sólo un aspecto de la revolución que se inició en el norte, en 1910, cuando Madero publicó su Plan de San Luis y dijo que si el dictador, Porfirio Díaz, no renunciaba que el pueblo tomaría las armas el 20 de noviembre, y así sucedió. Y la primera ciudad que tomaron los revolucionarios, Villa sobre todo, fue Ciudad Juárez, en la frontera, al norte.

Ese hecho, aunque aparentemente insignificante, tuvo mucha importancia porque los revolucionarios podían comprar armas en Estados Unidos, mientras que en el sur, los zapatistas, en Morelos, no tenían acceso a ellas. Ese primer aspecto de la revolución—yo apenas tenía tres años—no, no *[risas]* me acuerdo de nada. Pero lo importante de la revolución no es ese hecho, sino lo que ocurrió en 1913, el asesinato de Madero, cuando Victoriano Huerta se alzó con la presidencia. Y en el norte Carranza, gobernador de Coahuila, Villa en Chihuahua, Lucio Blanco y otros, tomaron las armas para quitar del poder a Huerta; lo desconocieron.

Yo me acuerdo muy bien de aquellos acontecimientos. Mi familia y parientes nos fuimos a la Ciudad de México. Mi padre era ingeniero civil y estaba unido al ejército de Lucio Blanco, el único militar del norte que trató de acercarse a Zapata, porque Carranza no quería tener ninguna relación con él; pero Lucio Blanco sí lo intentó, pero no tenía el poder que tenían Carranza y Obregón. Triunfó la revolución y Carranza fue quien asumió el mando del gobierno con el título "Primer Jefe".

La Calle del Relox y los baños contra el tifus

Volviendo a sus memorias de niño, a las escenas familiares, ¿cómo evoca aquellos tiempos?

Mi padre siempre me hacía leer los periódicos, sobre todo los editoriales acerca de los acontecimientos políticos. Me acuerdo muy bien de esa época de mi vida, de las escenas de la revolución en la Ciudad de México: impresionantes fusilamientos que vimos mi hermano y yo; también había, en esa época, hambre, porque con los disturbios revolucionarios la ciudad no era surtida de alimentos. Mis tías tenían que hacer cola para comprar en las panaderías. Había una epidemia de tifus. Entonces, venía la policía y echaba redada de la gente para . . . sería para bañarlos, no sé *[risa]*, para que no infectaran a otros.

No me acuerdo muy bien dónde vivíamos, pero sí me acuerdo muy bien de la calle de Orizaba; había una plazuela, donde había unos leones *[risa]*. También me acuerdo de otro barrio en que vivíamos, en el centro, con una tía mía, en la Calle del Relox; de eso sí me acuerdo muy bien: la Calle del Relox que ahora se llama Avenida República Argentina . . . muy cerca de donde está ahora la Secretaría de Educación. Vivíamos con doña Carolina, hermana de mi padre. Me acuerdo que le robaron un canario que tenía y estaba furiosa la señora porque se lo habían robado en pleno día *[risas]*.

Ya luego cuando terminó esa etapa de la revolución, volvimos al norte con la familia; sería, más o menos, el 18 o 19. No estoy muy seguro, pero ya en el 20, cuando Obregón es elegido presidente, termina todo el conflicto armado. De ese año en adelante todos se dispersan y vuelven a sus regiones, porque mucha gente se había ido a la Ciudad de México y otros a Estados Unidos. Hay una novela de Mariano Azuela que se llama *Las tribulaciones de una familia decente*, obra que, cuando la leo, me acuerdo mucho de lo que nos pasó a nosotros, porque en esa novela la familia de Zacatecas llega a México en los años de la revolución cuando nosotros estábamos allí. Y Azuela, en la primera parte, relata muy bien todo lo que ocurrió entonces en la Ciudad de México.

¿Recuerda usted algo de su primera escolarización, de sus lecturas de niño?

Cómo no, creo que ya le he hablado de esto. No se me olvida nunca que uno de los primeros libros que leí en la primaria fue *Cuore* (Corazón), del italiano Edmondo de Amici, colección de cuentos que tuvo mucha influencia sobre mi formación intelectual, porque sin duda ese libro me introdujo a los estudios del cuento, género en el cual después me he especializado; lo leíamos en traducción española, no en italiano. Después, para el doctorado, llegué a estudiar literatura italiana, pero cuando leí el libro otra vez ya era otra cosa, porque los personajes son niños y al niño le interesa mucho; pero cuando uno ya es adulto esa identificación con los personajes se pierde.

Los caballitos y el Salón Rojo

¿Se acuerda usted de algunas de sus andanzas y juegos infantiles en la Ciudad de México?

Mi hermano y yo íbamos desde el Zócalo a la Alameda donde había un carrusel, que nosostros llamábamos "los caballitos", y había una rueda de la Fortuna y todo eso. Y hasta allá nos íbamos caminando, no sé cómo no nos pasó nada en la época de la revolución, porque en la calle había mucha agitación. Cuando nos contagiamos del tifus, mi hermano y yo estuvimos en el hospital y no nos pasó nada; me acuerdo muy bien, nos traían frutas, pero nunca nos llegaban, porque las enfermeras . . . *[risas]*, yo creo que se quedaban con ellas. Afortunadamente, nada pasó, pero mi hermana María Teresa dice que por eso mi hermano Antonio y yo tenemos esa memoria, por el tifus *[risa]*. Fue un milagro que nos escapáramos. Como ya he dicho, me escapé de la Revolución Mexicana, me escapé de la guerra *[risas]*; parece ser que he tenido suerte en mi vida; no me ha ocurrido nada en esas grandes crisis en México y en Estados Unidos.

Cuando fuimos a México, existía el "Salón Rojo", en la calle de Madero, antes de llegar al Zócalo, por allí. Eran dos salas en el mismo edificio, una arriba y otra abajo; daban dos películas al mismo tiempo. Y había una escalera automática, ya entonces, fíjese, y nosotros cuando íbamos al cine, no veíamos la película; nos pasábamos la hora en la automática, bajando y subiendo *[risa]*; sería el 14 o el 15. Ese cine no se me olvida: el Salón Rojo. Me acuerdo de una película, *Los siete pecados capitales*, así se llamaba *[risa]*; era italiana, creo, y pasaban un pecado por semana; y así, pecado tras pecado, hasta completas todos los capitales; eran películas distintas pero con los mismos actores. También recuerdo a Chaplin.

Cuando no íbamos al cine íbamos al circo; cuando terminaba la función siempre presentaban una pantomima, algo así como los actos de Luis Valdez. Creo que nadie ha estudiado esas pantomimas. Eran pequeños actos, humorísticos casi siempre, y eso es lo que no se me olvida *[risa]*. Y las carpas, las funciones cada hora, en los carnavales. Y luego los toros, en Linares, donde la plaza estaba en una calle al lado de nuestra casa, y nos subíamos a la azotea y de allí los veíamos *[risas]*. Mi padre también era aficionado a los toros y nos llevaba a Monterrey a ver los toreros entonces famosos.

Un general de Linares en *Rayuela*, de Cortázar

¿Al volver a Linares se encontraron con muchos cambios motivados por la revolución?

Cuando volvimos ya la lucha armada en la región había terminado, pero todavía quedaba el problema social, en otras palabras, el repartimiento de las tierras. Y había conflictos entre los propietarios y los peones; eso sí continuaba todavía. Bueno, mi padre tenía una hacienda en el estado de Taumalipas y perdió la mitad, pero mi padre no se preocupó mucho por eso, ¿verdad?, porque no la atendíamos; más tarde vendió la otra parte. Me acuerdo muy bien de esos conflictos agrarios en Linares, la lucha por la tierra. Eso no sólo ocurrió en Morelos, sino en todo México y hoy ocurre lo mismo, con los zapatistas, los nuevos zapatistas en Chiapas; es el mismo problema, no se ha solucionado. La región entre Monterrey y Linares, pasando por Montemorelos, es muy rica en fruta, sobre todo en naranjas; hay mucha, mucha fruta. Es una región agrícola muy rica. Sin embargo, los campesinos vivían en condiciones difíciles.

A propósito, en la novela *Rayuela*, de Julio Cortázar, se habla de Linares. Aparece allí un general o coronel revolucionario. Otra es *Mexican Village*, de Josephina Niggli, en donde se habla de los famosos quesos de Linares.

Esperemos que éste sea otra. ¿Usted conocía a ese general que sí tiene quien le escriba o era algo ficticio?

No, es algo ficticio; pero también se encuentra en la novela un capítulo en el que Cortázar imita el estilo de un periódico que en los 20 trataba de reformar la lengua española *[risas]*. Cortázar lo imita muy bien. No sé de dónde tomó ese lenguaje; tal vez de una revista; existía una en español reformado que Cortázar reproduce en el capítulo donde aparece el general revolucionario.

Genealogías; Antonio Leal; el general Escobedo

¿Sus padres, su familia, eran oriundos de Linares?

Mire, le contaré algo sobre mi familia. En 1985 me hicieron un homenaje en Monterrey y el último día, que era sábado, nos fuimos todos a Linares. De la familia nuestra solamente encontré una prima, Esther Plaza. Durante la comida que me ofrecieron me regalaron un árbol genealógico. Allí descubrí que mi familia llegó al norte de México en 1636. Antonio Leal y su hermano venían de la Nueva España, pero no se sabe si nacieron en México o en España. Según parece eran de origen asturiano. Yo les llevé de regalo un mapa de la ciudad de Linares de 1770, en el cual ya aparece la casa de mis antepasados. Mi abuela es Ardines y mi padre es Luis Leal Ardines. Los Ardines vivían cerca de mi casa; nosostros vivíamos aquí y ellos allí; en los 40 todavía vivían dos tías abuelas, ya muy ancianas. Nuestra casa estaba enfrente del mercado. Las calles en Linares antes tenían nombres cardinales: Norte, Sur, Oriente y Poniente. Y nuestra casa era Oriente 100. Allí está todavía, pero ya la fraccionaron y ahora han construido, en donde estaba el mercado, un enorme edificio, con cine, teatro y todo; y la casa quedó atrás, muy fragmentada, muy pequeña; antes ocupaba casi toda la manzana.

Mi mamá, Josefina Martínez, era de Galeana, un pueblo en las montañas, en la Sierra Madre, muy cerca de Linares, pero a donde es difícil viajar debido al escabroso y escarpado camino en la sierra. Así era antes; tal vez hoy ya exista una buena carretera. La familia Martínez tenía parentesco con el general Mariano Escobedo, famoso durante la Reforma; era partidario de Juárez y peleó contra Maximiliano; él fue quien le recibió la espada cuando se rindió en Querétaro. Hay un cuadro en el museo en el castillo de Chapultepec del general Escobedo recibiendo la espada de Maximiliano. Si usted va a Chapultepec, no deje de ver ese cuadro. Yo no sé exactamente la relación entre mi familia y la familia de Escobedo, creo que ahora el pueblo se llama Galeana-Escobedo. Lo que sí sé es que mi abuela materna, doña Dolores, se apellidaba Peña, y la madre de Escobedo era Rita de la Peña.

Muchas veces íbamos a Galeana. La última vez que fui ya nada más encontré a dos personas de mi familia, dos mujeres, ya muy ancianas; ahora ya no debe de haber nadie. Nosotros éramos cinco hermanos, tres hombres y dos mujeres y mi hermana, María Teresa, la más chica, todavía vive en la Ciudad de México. Mis hermanos se llamaban Antonio, ya fallecido, y José. Yo soy el mayor, Luis, Antonio, José, Ángela y María Teresa. La familia Martínez, todos, eran de esa familia juarista, de la Reforma *[risa]*. Y luego también se fueron a la Ciudad de México, pero ellos se quedaron, nosotros volvimos. Me acuerdo que cuando iba a la capital mi tío abuelo Rodolfo Martínez me llevaba a ver el hotel donde se hospedaba el general Escobedo.

Educado en esa tradición juarista, ¿lo religioso qué papel desempeñó en su formación?

Me acuerdo que en Linares por un tiempo estudié en una escuela católica; mi madre era muy religiosa, pero mi padre no. Y yo tampoco; bueno yo . . . *[risas]* usted sabe como es la cosa; y luego cuando vine a Estados Unidos dejé, dejé la . . . sí, viví una crisis, un conflicto religioso; como usted sabe, eso es muy frecuente en las familias hispanas.

¿Dónde hizo usted sus estudios de primaria y secundaria, en Linares, en Monterrey, cuáles fueron sus primeras lecturas?

En Linares, hasta que vine acá, pero con la revolución se interrumpió todo, se interrumpió toda mi educación. Mis lecturas no, porque siempre me ha gustado leer; primero leí obras de la literatura española, casi todo Cervantes y . . . la novela del siglo XIX, que a mi padre le gustaba mucho; y luego nos compró una enciclopedia enorme que yo leía constantemente; luego vino la novela francesa, en traducción, Hugo, Dumás, novelas que todos leían en aquellos años.

El Casino de Linares y las clases sociales

¿Y cómo era la vida social para un joven en aquellos tiempos, en Linares, después de la revolución?

Ah, qué barbaridad, pues muy activa; en el casino teníamos bailes (allí es donde me hicieron, ahora que estuve la última vez, esa cena); ese edificio se construyó en los 20; mi tío Germán, hermano de mi papá, fue quien hizo los planes para el Casino de Linares. Está frente la plaza, el casino aquí y el palacio municipal acá y luego los portales de las tiendas, el comercio; luego aquí estaba el hotel famoso, el Hotel Ramal, de unos árabes y aquí el mercado y nosotros aquí

[sobre la mesa con sus dedos ha evocado el mapa del centro de Linares]

muy cerca y, luego, la iglesia aquí, la famosa: la iglesia, los portales, el casino y aquí los negocios.

¿Cómo era la convivencia social de las clases?

Allí había tres clases sociales: los de arriba, la clase media y los de abajo, ¿verdad?, entonces al casino no podían *[risa]* asistir los de la clase media, pero, ¿quién pertenecía a esa clase? *[risa]*; si usted tenía dinero lo admitían. Dependía de la posición económica. No había discriminación, sólo la del dinero. El pueblo tenía sus organizaciones, sus cantinas; luego, enfrente de mi casa, cada año había una fiesta indígena, con música, bailes y diversiones. Hay un pueblo, afuera de la ciudad, que se llama Hualahuises, y allí tenían otra fiesta llamada "Villa Seca"; es una de esas fiestas anuales, casi como un carnaval, en la cual participaba toda la comunidad.

¿Después de la revolución hubo grandes cambios sociales?

Mire, en Linares todavía hoy *[risa]* no ha habido. Ahora que fui, todo era igual, no ha cambiado nada, casi nada, muy pocos cambios, Víctor. La revolución, sí, por supuesto, tocó algo, la distribución de las tierras, los comercios, nuevos comercios, pero en la estructura social casi ningún cambio. La revolución pasó por allí. Lucio Blanco venía de Coahuila, pero luego que toma Matamoros Carranza lo mandó al centro; ese aspecto de la revolución fue lo más importante. Mi familia apoyó a la revolución; yo me considero, así como Iduarte, hijo de la revolución. Hubo primero mucha miseria, pero poco a poco, después del 20, ya las cosas comenzaron a cambiar. Se estableció el gobierno de Obregón y, de ahí en adelante, ya hubo muy pocas revueltas; sólo la de los cristeros, la Revolución Cristera; pero ésa no tocó al norte, fue en el centro. Para nosostros, Zapata y Villa eran los héroes, los dos grandes.

3
BUCEO EN LAS MEMORIAS DE LA NIÑEZ

¿Qué quiere decir "yo"?

[Antes de pasar al viaje del joven a los Estados Unidos queremos evocar algunos más de los recuerdos e imagénes de la infancia que se pierden en la narración cronológica de la vida. Para eso dejamos el despacho de la universidad y mantenemos la conversación en la propia casa de don Luis, en Goleta, en la intimidad de su sala de estar, con la ventana entreabierta al jardín.]

¿Cuáles son algunos de los recuerdos de su niñez que más gravitan sobre su memoria presente?

Bueno, las primeras imágenes que vienen a mi mente cuando me pongo a pensar en mis primeros años son las de mi casa: un gran patio, un traspatio, las sirvientas que nos ayudaban, Cuca que se encargaba de la cocina, Lola que era la recamarera, la que se encargaba de asear la casa y Eufrasio, un indígena, mozo, de quien aprendí mucho porque él me llevaba a pasear a caballo, me contaba historias; ésas son las primeras experiencias. Mi madre, doña Josefina, hija de don Guillermo Martínez, y mi padre, llamado Luis, como yo, aunque según parece mi primer nombre no era Luis, sino Andrés Luis, como mi abuelo; pero siempre me llamaban Luis, como mi padre.

Una experiencia de la cual me acuerdo es ésta: cuando era niño yo parpadeaba mucho. Me acuerdo que mi padre dijo, "No, no, tenemos que llevar a Luis al oculista a ver qué le pasa". Teníamos un tío en Monterrey, el doctor Antonio Leal, y me llevaron a Monterrey, que está a unas doscientas millas al noroeste de Linares, y me examinó y dijo, "No, no tiene nada el niño, eso se le va a quitar". Y es curioso, porque toda mi vida la he dedicado a leer *[risa]*. En México dicen que si una persona lee mucho se le acaba la vista, y me preguntaban que si no se me acababa la vista, y les decía que no, pues no se me había acabado, a pesar del defecto *[risa]*. Yo creo que es un modo de evitar que la gente lea, un prejuicio para que no lea, porque se le acaba la vista y no hay ningún fundamento científico para ello. De niño, me gustaba mucho leer todo lo que caía en mis manos. Me acuerdo muy bien que yo les leía en voz alta, a los otros niños, *El Quijote*, porque me gustaba mucho leer la novela de Cervantes.

Ahora en la escuela, en la primaria, me acuerdo de dos experiencias que no se me olvidan: una fue un castigo; no me acuerdo por qué razón tuve que poner la mano para que el maestro me diera con la palmeta; y otra, mi primera preocupación intelectual. Y es que el maestro hizo la pregunta, "¿Qué quiere decir 'yo'?" La pregunta me preocupó mucho: "¿Qué quiere decir 'yo' [...] [...]ase, el maestro no nos iba a dar una solución. Pero nos [...] í, me hizo meditar sobre el problema del "yo", probl [...] diar en las clases de psicología. Desde entonces, siemp [...] r el "yo": de niño, por supuesto, sin pensar en su aspe [...] specto sicológico, "¿Qué quiere decir 'yo'?"; entonces u [...] sta.

¿Y ha llegado a alguna conclusión?

No, todavía no, todavía no [risas].

Sus palabras me trae el recuerdo de las de Borges: "A veces, estoy desvelado y me pregunto ¿quién soy? o incluso ¿qué soy? ¿qué estoy haciendo? Y pienso en el tiempo que transcurre". ¿A usted le pasa eso también?

Sí, ya lo creo. La preocupación por saber quién es uno, por saber dónde está situado, parece ser un fenómeno universal. No todos, por supuesto, se preguntarán por el tiempo que transcurre. Esa preocupación por el tiempo es algo muy borgeano.

El circo; la camisa encendida

Un día, cuando yo volvía del colegio, me detuve a medio camino, en un solar vacío donde se establecían los circos cuando llegaban a Linares. A mí me interesaba mucho el circo porque al fin del espectáculo, como ya le dije, los payasos presentaban una pantomima. Una que no se me ha olvidado tenía una trama muy sencilla: uno de los payasos representaba el dueño del circo y otro iba a ser el que recogía los boletos; el dueño le decía, "Mira, no me dejes entrar a nadie sin boleto; todo el que entre tiene que tener su boleto". Luego decía, "Vamos a hacer la prueba. Yo soy el público y tú eres el portero"; llega y quiere entrar. El portero le dice, "A ver su boleto". El dueño, por supuesto, no tenía boleto. "Entonces", dice el supuesto portero, "no puede entrar", y no le deja entrar [risas]. Pero de allí en adelante todos entran sin pagar. Esas pantomimas eran muy parecidas a lo que Luis Valdez hace hoy en sus actos. Otra influencia que creo ver en el primer teatro de Valdez es el de las carpas, las que no vi hasta más tarde; son obras populares ya más bien articuladas que las pantomimas. Cantinflas inició su carrera actuando en una carpa.

Otra experiencia que no se olvida nunca es una que tuve en la puerta del circo, ése que le digo; estaba yo allí en la puerta, y salió un amigo y me echó algo encendido a la camisa, la cual prendió fuego; yo me asusté y corrí hacia mi casa, donde mi madre logró apagar el fuego, que ya cundía, afortunadamente, sin mayores consecuencias. Ese día no vi la función.

Los injertos del tío Andrés, los inventos del tío Germán y el primer avión que llegó a Linares

Ahora bien, también recuerdo las experiencias de mi tío-abuelo, Andrés Leal, a quien mi papá me llevaba a visitar. Ellos hablaban y yo siempre escuchando los problemas *[risa]* del mundo que trataban de resolver. Mi tío se interesaba mucho en hacer experimentos, sobre todo en agricultura; siempre estaba haciendo injertos. Ya le he dicho que Linares es famoso por las huertas de naranjos, pero las toronjas que se dan por allá no son como las de acá; son agrias. Entonces, mi tío Andrés trataba de producir una toronja dulce y siempre andaba experimentando *[risas]*. El me enseñaba muchas cosas, me contaba historias, pero mi familia no le veía muy bien, porque no era casado y tenía varios hijos *[risas]*; a mi familia no *[risas]* le gustaba que yo fuera allá con mi tío Andrés, pero mi papá siempre me llevaba.

Tenía también un tío llamado Germán Leal, hermano de mi padre, y también yo creo que había aprendido mucho de mi tío Andrés, porque le interesaba mucho la mecánica y los inventos y todo eso. Él fue el primero que llevó un radio a Linares; sí, pero no había estaciones difusoras, tenía que oír las de Monterrey y era muy difícil oírlas desde tan lejos. Él siempre andaba experimentando con los radios y las antenas, y todo eso *[risa]*. Y además era muy amigo (creo que allí trabajaba) del dueño de la compañía de la luz eléctrica, que era un inglés. Yo creo que era el único inglés en Linares. Había un negro, nada más, en todo el pueblo, y un inglés.

Tenía otro tío, Mariano, de quien también aprendí mucho, pero lo que aprendía con él era distinto; a él le interesaban los deportes, nos enseñaba a nadar, a jugar a la pelota y todo eso; y también nos contaba aventuras de su vida; se interesaba mucho en los automóviles *[risa]*. Y ahora que hablo de automóviles, me acuerdo de otra experiencia, el primer avión que llegó a Linares, en los 20. Llegó un americano allí con un avión, y le subía a usted por cinco pesos o no sé cuántos, le daba un breve viaje. Yo tuve miedo subir, pero mi hermano, Antonio, sí subió *[risas]*. Yo no, tuve miedo de subir a ese avión *[risa]*.

El norte de México en el recuerdo y en las novelas de Azuela y de Laura Esquivel

Y mire, Víctor, aquí tengo una noticia del bautizo de mi padre, Luis Alfonso.

Veo que está firmada en septiembre uno de 1880.

Sí, es cuando nació.

¡Ah, y el padrino fue Andrés Leal!

Ah sí, ahí está, ¡Andrés Leal!, Leal y Torrea.

De su madre, ¿qué noticias tiene?

De mi madre no tengo tanta información porque nació en Galeana; no tengo tanta información como de mi familia paterna. Bueno, Víctor, le diré, mi abuelo materno, don Guillermo Martínez, era ganadero en Galeana, y de él también me acuerdo muy bien; tenía una larga barba. Era un señor muy respetable, ¿verdad?, siempre nos trataba muy bien. Mi abuela, doña Dolores era muy religiosa. "Mamá Lola" le decíamos; todos los días iba a la iglesia, no fallaba. Nosotros pasábamos los veranos allá, porque era muy fresco y hay mucha fruta: muchas manzanas y perones, fruta ésta que no se conoce por acá. Me acuerdo el último viaje que hice a Galeana. De la Ciudad de México, en los 50, fui con mi tío Mariano; primero a Monterrey, de Monterrey a Linares y de Linares a Galeana.

Perdone usted, aquí un inciso, ¿el ambiente histórico recreado en esta novela y película de tanto éxito, Como agua para chocolate, *lo relaciona con el vivido por su familia?*

Sí, trata de aquella época en el norte, pero exagera mucho, aunque sí tiene muchos elementos de la realidad y la vida norteña. Laura Esquivel trató de escribir una novela de realismo mágico y falla un poco, ¿verdad?, sobre todo al fin, el incendio que es más simbólico del amor que mágico realista; no capta muy bien el realismo mágico; pero no hay duda de que la realidad es la del norte de México.

La comida, usted que habla de su abuela, de la cocina de su casa.

Eso sí, en mi casa teníamos un aguacate enorme, teníamos limones, plátanos. Y no hace mucho, en los 60, fuimos a Linares, y nos acompañaba Menton, Seymour Menton; y su hijo no podía creer que había plátanos; nunca había visto una mata de plátanos *[risa]*, y allí en mi casa la conoció.

¿Y hacían dulces?

Oh, sí, Linares es famoso por sus dulces; sus dulces se venden en todas partes.

Viajes peligrosos en autobús

Le voy a contar otra anécdota; durante ese mismo viaje que hice con mi tío Mariano, él se volvió a Monterrey, yo me fui a la ciudad de México; mi hermana, que allí vive, me había encargado que le llevara chorizo de Linares, que es también famoso [risa];

pero es necesario ordenarlo para que se lo preparen; yo le pedí a mi tía Josefina que me ordenara unos chorizos para María Teresa. Me los encargó y recuerdo que era un viaje de Linares a México por autobús. Fue uno de los más peligrosos que yo he hecho, porque el autobús iba por el antiguo camino, el que va de Laredo a la Ciudad de México. Hoy es muy fácil ir por la nueva carretera, pero la antigua iba por la costa y por las montañas. El autobús salía a las seis de la tarde y, con el calor, ya no aguantábamos el olor del chorizo *[risas]*; y luego por las montañas, las carreteras muy angostas y lloviendo y de noche. Bueno, yo dije, "No voy a llegar, esto es el fin de mi vida"; pero no fue así. Por fin llegamos a México al día siguiente a las nueve de la mañana. Y luego le dije a un taxista, "Lléveme a la calle de Cedros". Me subí y ya el taxi iba hacia el otro lado de la ciudad y yo le dije, "Oiga, ¿adónde vamos?" Y el taxista me dijo, "Pues dijo usted a la calle Cedros". "Sí", le contesté. "¿Qué colonia?" entonces dijo, "Santa María de la Ribera". "No, allá en la colonia San Ángel". "Ah, entonces es al otro lado, le tengo que cobrar más" *[risa]*. Bueno, y lo curioso es que en la colonia ésa a la que me llevaba, allí es donde vive la familia de Azuela, colonia que yo conocía muy bien, porque yo iba con mucha frecuencia a entrevistar a Enrique Azuela, el hijo menor de don Mariano, cuando estaba escribiendo mi libro sobre su padre. Cuando estuvo aquí Arturo Azuela, nieto de don Mariano y también novelista de renombre, me dijo que se acordaba de mis visitas a su tío Enrique, aunque entonces él era todavía un niño.

Por fin, llegué a casa de mi hermana, con el chorizo y todo . . . *[risa]*.

¿Y cómo estaba, bueno?

Sí, no le pasó nada a pesar del camino con tanta vuelta. Bueno, esa aventura, por asociación de ideas, me trae a la memoria otro viaje que hice de Oxford, Mississippi, a Columbus, South Carolina. Iba yo sentado en el autobús y, de pronto, me comenzaron a caer unas gotas de sangre en la cabeza. "Ay, caramba—me dije—¡Pues que pasa aquí!" Nada, era que un pasajero llevaba un bulto de carne o hígado, o no sé qué, y *[risas]* lo había puesto arriba y me estaba goteando.

Si esto hubiera estado en una película de Buñuel, como Subir al cielo . . .

Hubiera estado muy bien, Víctor, pues fue algo parecido a lo que pasa en ese film.

Los tranvías de mulas en Querétaro; un niño atrapado en las ruedas del tren

Tras estos viajes en autobús de los que se salvó, volvamos a su niñez en Linares, ¿qué otros recuerdos le vienen a la memoria?

Cuando hicimos el viaje a la Ciudad de México durante la revolución, pasamos por Saltillo; allí nos alojamos en un hotel donde la calle era empedrada; no se me olvida el sonido que los caballos y los coches hacían de noche. Siempre que oigo ese sonido en alguna parte, y hasta en las películas, me acuerdo de ese viaje a México. Pero, como ya le he dicho antes, las experiencias de esa época de mi vida se encuentran contaminadas por las novelas de la revolución; a veces *[risas]* yo ya no sé si lo que recuerdo lo experimenté o lo leí, ¿verdad? Por ejemplo, el viaje en tren; se me confunde la realidad con la ficción. Me acuerdo que mis tías tenían que ir muy temprano a la estación del ferrocarril para reservar asientos; y en Azuela hay algunas escenas, por ejemplo, en la novela *Las moscas* casi semejantes a lo que yo viví. El México de 1917, cuando la ciudad estaba en poder de los zapatistas y de los villistas, lo recuerdo cuando leo la novela de Azuela *Las tribulaciones de una familia decente*, en la cual se describe el viaje por tren de una familia que va de Zacatecas a la capital. Parece que yo lo estoy viviendo, cuando leo esas páginas.

Antes de ir a la Ciudad de México estuvimos unos meses en Querétaro, donde ocurrió lo que ya le he contado acerca del niño que fue atrapado por el tren. Íbamos llegando a Querétaro cuando de pronto oigo un grito que más bien era un aullido; era un niño que habían atrapado las ruedas del tren. Ese grito nunca se me ha olvidado. En Querétaro, me acuerdo, vivíamos en una casa por enfrente de la cual pasaba el tranvía de mulas *[risas]*, de mulas, y la calle allí era una pendiente. No se me olvidan los viajes en tranvía de mulas, viajes necesarios para ir al centro o para ir a un paraje en la sierra que se llamaba "La Cañada", donde íbamos a los picnics *[risa]*. Pero no estuvimos allí mucho tiempo.

El cuarto empapelado de rojo y el "red shift"

Bueno, anoche buscando datos para esta conversación encontré unas notas que había tomado cuando leí la conversación entre García Márquez y Vargas Llosa en la cual García Márquez cuenta la historia del dictador salvadoreño Maximiliano Hernández que, a propósito de una epidemia de viruelas, consultó los médicos, quienes le dijeron, "Hay que hacer esto y esto y esto". "No, no, no, yo sé lo que tengo que hacer; cubran *[risa]* todas las luces de rojo, con papel rojo". Cuando leí esa anécdota, inmediatamente me acordé de una experiencia que yo había tenido en mi casa, cuando niño, cuando me dieron las viruelas y la sirvienta cubrió las ventanas con papel rojo. A pesar de que mi madre no quería que lo hiciera, lo hizo, y me curé. El problema García Márquez lo presenta como un aspecto del realismo mágico en Hispanoamérica, diciendo que la gente está más cerca de la realidad que los científicos, tan despegados de ella. Ahora bien, da la casualidad que ayer, precisamente, estaba leyendo un libro titulado *Enthropy*, en el cual el autor habla de eso, no del realismo mágico, sino del problema relativo al desarrollo de la mente humana, que se ha despegado de la naturaleza y ha evolucionado distanciada de ella. Según parece, eso ya lo había visto en el siglo pasado Henry Adams, quien pronunció una conferencia criticando ese distanciamiento. Según García Márquez, esa realidad hispanoamericana que ve el pueblo es mucho más cercana a la realidad que lo que ven los hombres de la ciudad, educados, y que no debe de ser olvidada porque contribuye con un nuevo punto de vista; como ejemplo menciona este caso.

Que funcionó, como en su caso, ¿cómo explica usted esto, bueno, no racionalmente?

No racionalmente, aunque es posible, uno no sabe si los rayos al pasar por lo rojo tienen un efecto. . . . No sé, es que no hay experimentos, porque los científicos lo rechazan, diciendo que es una superstición, y no hacen un experimento para ver si ocurre algún cambio. Me acuerdo que cuando, de niño, desperté y vi todo rojo, creía que la casa se había incendiado; pero luego me di cuenta de que no era un incendio, de que había papeles rojos en las ventanas *[risas]*. Se me había olvidado totalmente hasta que leí lo de Vargas Llosa; entonces me acordé. La memoria, cómo es la memoria.

¿Y su madre qué dijo?

Yo no me acuerdo, no sé cómo reaccionó mi madre; bueno ésas son cosas increíbles como lo que le conté el otro día, Víctor, de ése mi viaje al Oriente en ese barco italiano, en ese transatlántico italiano, que después lo veo en una película de Fellini. En mi casa, al ver la película, inmediatamente, me trajo a la memoria todas aquellas experiencias sufridas en el océano al cruzar el Pacífico, en largo viaje que duró treinta días.

Leamos ahora su relato del cuarto empapelado de rojo.

Las viruelas

Cuando Luis era niño, como a todo niño, le dieron las viruelas. No existía todavía la vacuna, o mejor dicho, si existía no se conocía en el pueblo donde entonces vivía Luis; o si se conocía, no se usaba, pues tal vez la gente no creía en su eficacia.

Lo que a doña Josefina le preocupaba no era que su hijo muriera, ya que sabía que no moriría; pero sí temía que la cara le quedara desfigurada por las cicatrices que dejan los granos; que dejan marcado el rostro para toda la vida.

Cuca, una de las sirvientas, opinó que para evitar que Luis quedara cacarizo era necesario cubrir las ventanas de su cuarto con papel rojo. Doña Josefina se opuso, diciendo que eso no era necesario. Pero Cuca, sin su consentimiento, compró papel rojo en el estanquillo y esa noche cubrió todas las ventanas del cuarto. Al despertar, Luis creyó que se trataba de un incendio, o que la luz del sol había cambiado de color, o que se aproximaba el fin del mundo. Pero pronto se dio cuenta de lo que pasaba. Poco después entró Cuca y le dijo que no tuviera miedo, que con la luz roja no le quedarían marcas en la cara o el cuerpo.

Y así fue. Pocos días después Luis recobró la salud; se levantó y al verse en el espejo notó que no tenía marca alguna. Ahora, al recordar el incidente, se pregunta: ¿Fue su caso único o hay algo de verdad en la superstición? Que se sepa, los científicos no han llevado a cabo un experimento para probar que se trata de una superchería.

Años más tarde, Gabriel García Márquez le dio la respuesta a su pregunta. A propósito de lo fantástico que es la realidad latinoamericana, contó en una conversación que tuvo con Mario Vargas Llosa, que en El Salvador hubo una epidemia de viruela y que el maestro de salud y sus asesores aconsejaron al presidente Maximiliano Hernández Martínez (que gobernó de 1931 a 1944) lo que era necesario hacer para contener la epidemia. Pero el dictador dijo que no necesitaba consejos, que él sabía lo que se debía hacer, y era tapar con papel rojo todo el alumbrado público. Y hubo una época, dice García Márquez, en todo el país en que los focos estuvieron cubiertos con papel rojo.

Algunos escritores, según el mismo novelista, rechazan esa realidad latinoamericana diciendo que eso no es posible, que el dictador salvadoreño era un loco. Pero Luis no cree que Cuca haya sido una loca. Al contrario, siempre demostró buena dosis de cordura. Para ella, la luz roja era la cura para esa enfermedad, como los chiqueadores lo eran para el dolor de cabeza; y en eso ella creía firmemente.

Según García Márquez, las explicaciones racionales falsean la realidad latinoamericana. Lo que hay que hacer, dice, es asumirla de frente, ya que es una forma de realidad que puede dar algo nuevo a la literatura universal.

4

EL REALISMO MÁGICO
Y LA MAGIA DEL ARTE

Su experiencia del realismo mágico vivida de niño nos lleva al tema. Vamos a conversar sobre el realismo mágico como procedimiento artístico y como parte de la realidad cultural latinoamericana. Hablemos de esto.

Según parece, fue Ángel Flores el primero que aplicó el término realismo mágico a la literatura hispanoamericana, en un artículo que publicó, por allá por los 50, en la revista *Hispania,* que tuvo mucho éxito. Pero el término ya lo había usado un crítico alemán, Franz Roh, para describir el neo-expresionismo en la pintura alemana. Yo descubrí que muchos críticos habían tomado el término y lo habían aplicado a estudios sobre la literatura hispanoamericana sin definirlo con precisión, y aplicándolo casi a toda la literatura. Me acuerdo que estaba en Illinois, y cuando descubrí que hasta se iba a escribir una tesis doctoral sobre el realismo mágico en la literatura hispanoamericana, decidí escribir algo para precisar, definir el término, y no incluir toda la literatura, porque no podemos decir que toda la literatura hispanoamericana es de realismo mágico. En 1967 publiqué un artículo en *Cuadernos americanos,* que aunque es muy corto es uno de mis artículos que ha tenido más repercusión y más ataques *[risa],* pero al mismo tiempo muy citado. En ese artículo rechazo totalmente las ideas de Ángel Flores; pero lo curioso es que Ángel Flores nunca me dijo a mí nada sobre el asunto; fue otro crítico, Emir Rodríguez Monegal, quien nos atacó, tanto a mí como a Flores, en una conferencia que hubo en Michigan sobre el tema del realismo mágico.

Antes de publicar el artículo lo había leído en el congreso anual sobre literatura que se celebra en la Universidad de Kentucky en Lexington; fue el primero después del de Flores. Me acuerdo muy bien que en esa época había muchos cubanos que venían a Estados Unidos, que no tenían un fondo literario, pero que se habían puesto a enseñar literatura hispanoamericana porque hablaban español *[risa].* Entonces me acuerdo que cuando yo terminé de leer mi estudio, un cubano me dice, "Oiga, pues yo creía que eso de realismo mágico era sacar conejitos de un sombrero" *[risas].* Entonces yo le dije, "Mire, ésa es la magia que nada tiene que ver con el realismo mágico. Una cosa es la magia como espectáculo y otra es el realismo mágico, un aspecto de la cultura latinoamericana".

Como resultado de ese artículo se ha publicado ya una gran cantidad de estudios sobre el realismo mágico. Esto es, se publicaban, ahora ya no; está un poco pasado de moda. Lo curioso es que fue García Márquez, precisamente, quien más importancia le dio al realismo mágico. *Cien años de soledad* es considerada hoy como la novela típica del realismo mágico; pero cuando le preguntaron a García Márquez qué era el realismo mágico, dijo, "Yo no sé qué es el realismo mágico" *[risa]*. Así es que como usted ve, volviendo a la realidad cultural y a la literatura, el hispanoamericano ha aceptado una actitud que cierta clase de hispanoamericano tiene hacia la realidad y la ha convertido en una técnica literaria. Lo curioso es que el término se ha propagado. En Europa ya ven el realismo mágico como lo más característico de la literatura hispanoamericana. En Estados Unidos ya se habla de realismo mágico en el cine, en la literatura y en otras formas artísticas; pero casi todos hablan sin conocer el fundamento cultural-histórico.

No hace mucho un crítico escribió una reseña en el *Times Book Review* en la cual dice que el realismo mágico lo inventó García Márquez. Yo escribí una carta al periódico, y la publicaron, precisando que el término se había originado en Alemania y que de allí había pasado a España, donde se había publicado una traducción del libro de Roh sobre el realismo mágico en la pintura, y que luego había pasado a Hispanoamérica (el término, no el aspecto cultural) donde fue aplicado a la literatura); fue Flores el primero en hacerlo.

Volviendo a la experiencia que recoge en su cuento sobre el episodio de las viruelas en su niñez y la coincidencia de dicha experiencia con la que cuenta Gabriel García Márquez, eso nos lleva a la vida hispanoamericana, a la imbricación del realismo mágico en la experiencia de la vida cotidiana. ¿Usted cree en esto, vamos, no creer en el sentido de aquél que le pregunta si creía en el realismo mágico, sino concebir el realismo mágico como una manera de comprensión en la vida y en la realidad?

No hay duda; lea usted *Cien años de soledad*. Hay innumerables ejemplos del realismo mágico en Rulfo y en tantos otros; toda la obra de Rulfo es una obra que no tiene nada de lo intelectual. No digo que él no sea un intelectual, sino que en su obra no hay ni una cita, ni una cita de ningún autor; son experiencias tomadas de la realidad, de la vida de Jalisco. Los aspectos que pueden ser considerados como pertenecientes a la literatura de realismo mágico, o sea, a la que capta el misterio que existe en la naturaleza, son numerosos. El realismo mágico en la literatura hay que verlo desde la perspectiva del personaje, no del autor. Si yo escribo un artículo sobre el realismo mágico, no lo voy a hacer desde mi perspectiva personal, sino de la del crítico literario que analiza una obra a la cual considera como de realismo mágico.

Y ese personaje de su historia, Cuca, que en realidad era una persona cuya visión del mundo casa con la del realismo mágico, como esos personajes que identifica la madre de García Márquez en las obras de su hijo, pero continuamente corrigiéndole la plana, diciendo que no había hecho lo que le adjudica el autor.

Cuca era una persona muy grande, muy fuerte y muy rígida; tenía unos ojitos así, muy pequeños, muy pequeños *[risas]*; ella era la que nos cuidaba, nos daba de comer y nos atendía y todo. Si nos enfermábamos, pues ella nos curaba y si queríamos hacer cualquier cosa fuera de lo ordinario, pues ella era la que decidía *[risa]*.

Así que para usted el realismo mágico se remontaría a Cuca.

Bueno, es que inconscientemente tal vez exista algo; después, cuando se presenta el tema del realismo mágico en la literatura, iniciado por Flores, entonces recupero yo todas estas experiencias de mi vida pasada y las puedo interpretar como experiencias de realismo mágico relacionadas a esas personas, a esos personajes de mi vida.

Aplica usted a su vida aquello de que todo autor crea a sus propios precursores.

Ahora que menciona a Borges, porque fue Borges quien dijo eso de los precursores, yo excluyo a Borges del realismo mágico, lo que ha causado muchas críticas, sobre todo de los especialistas en literatura argentina como Monegal. Donald Yates estaba en la conferencia en Kentucky, de que hablábamos, y organizó un congreso del Instituto de Literatura Iberoamericana, en Michigan, sobre el tema; allí fue donde Rodríguez Monegal hizo su crítica, y casi estoy seguro que fue porque excluyo a Borges; hasta un crítico como Menton no acepta mi definición y alcance del término. ¿Usted ya leyó la discusión que tuvimos, publicada en ese pequeño librito? Allí *[risas]* ve usted dos actitudes incompatibles. Bueno, Rodríguez Monegal leyó su trabajo en Michigan, titulado, "Diálogo entre sordos". Dice que Flores es uno de los sordos y yo soy el otro; esto es, que no nos entendemos.

¿Y cuál era la objeción que le hacía?

No, a mí no, a los dos; decía que el término "realismo mágico" no es necesario porque es un aspecto del surrealismo.

No, eso no, ¿y usted por qué excluye a Borges?

Porque para mí, cuando tenemos en una novela, o en un cuento, un incidente que se explica por medio de la razón ya no hay realismo mágico; y Borges inventa mundos, y el realismo mágico no inventa mundos, capta el aspecto mágico en la realidad. Todos los mundos de Borges son invención de él; no están tomados de la realidad, como García Márquez. García Márquez no está inventando Macondo.

Y ahora para terminar, aunque sin duda volverá a reaparecer el tema, esta fórmula a que ha llegado el realismo mágico, en Laura Esquivel o Isabel Allende, ¿cómo ve usted esa tendencia, esa generalización un poco a instancias del mercado, qué es lo que ha pasado con los continuadores actuales del realismo mágico?

Sí, bueno, para concluir con lo de Borges. Yo no rechazo a Borges, a mí me gusta Borges, me gustan sus cuentos, pero no los interpreto como de realismo mágico, es todo. Ahora bien, Borges dice que el gran escritor, el gran pensador, crea sus precursores, y cuando se habla de realismo mágico, comenzamos a buscar precursores y yo inmediatamente pienso en una novela de Aguilera Malta, de 1935, que se llama *Don Goyo*. Ya es una novela de realismo mágico, pero no se interpretaba como tal; y así hay otras, otros escritores. El problema consiste en descubrirlos, en valorarlos, en clasificarlos como precursores.

Un segundo problema consiste en separar del realismo mágico lo que Carpentier llama "lo real maravilloso" ¿verdad? Lo real maravilloso—que se encuentra en los cronistas del siglo XVI y XVII, a los cuales se refiere Carpentier—era, para aquellos cronistas con mentalidad medieval, todo lo que no se podía explicar por medio de la Biblia; eso era lo maravilloso *[risa]*. Lo maravilloso es una transformación de la realidad y el realismo mágico no transforma la realidad; busca su significado, sin cambiarla.

Y entonces este estilo o hasta estereotipo, en que se ha convertido el realismo mágico, y que se ha generalizado hasta en Inglaterra o Estados Unidos, ¿lo vio usted como un desenfoque o una aportación que sigue enriqueciendo la literatura?

Existe tal limitación cuando el escritor no conoce esa realidad; entonces es simplemente otra ficción más. *La casa de los espíritus,* de Isabel Allende, todo eso, ya casi llega a ser un realismo mágico de "department store" *[risa]*. Quieren aplicar la fórmula. En cambio, Rulfo no; García Márquez no dice, "Voy a escribir una obra de realismo mágico". El capta las experiencias que vivió en Colombia, desde niño.

¿Y en la literatura chicana, el realismo mágico . . . ?

En la literatura chicana el realismo mágico lo vemos muy bien en la obra *Bless Me Ultima* de Rudolfo Anaya. Allí sí vemos, en el niño y en Ultima, aspectos del realismo mágico. No hay duda; pero en otros no; por ejemplo, Ron Arias, en su novela *The Road to Tamazunchale,* imita a García Márquez, pero no logra captar la esencia del realismo mágico.

¿Y la película norteamericana, The Milagro Beanfield War, *situada en Nuevo México y que también aspira a ser mágico-realista y que tiene ya mucho de pastiche?*

Sí, se trata de la influencia de García Márquez, primero en la novela de John Nichols y luego en la película. Pero de realismo mágico no hay nada. En Nuevo México, en la cultura de Nuevo México, allí sí: los santeros, los penitentes; y en Taos, allí sí hay realismo mágico.

Entonces usted ¿qué consejo daría al escritor chicano que quiera seguir cultivándolo es que vaya a la vida?

No, no, sería muy difícil aconsejar a una persona que escribiera sobre el realismo mágico sin conocer esa realidad. . . . Tiene que salir de adentro. Si tienen experiencias, entonces sí, que escriban, pero si han vivido toda su vida en Nueva York o en Los Ángeles o entre libros en una biblioteca no van a . . . *[risa]*.

No hay recetas para escribir. Usted también habla de la estética como creación de una nueva visión de la realidad. Aunque yo también creo en esto, veo algo de peligro de caer en el formalismo y dejar un poco fuera la experiencia humana, la vida, la realidad social, etc. ¿Quiere reelaborar sobre esto, a la luz de lo que habla usted sobre el realismo mágico llevado a la cultura, a la fuente de la vida?

Algunos críticos del realismo mágico no están de acuerdo con lo que yo digo. Me rechazan la idea de que se pueda clasificar la literatura hispanoamericana del realismo mágico como una tendencia, porque dicen que no es necesario porque tenemos el surrealismo. Pero fíjese usted que el surrealismo deshumaniza, como observó Ortega; el arte surrealista es el arte abstracto, ya no hay . . . Ese cuadro que está ahí lo pintó un pintor mexicano que le daba lecciones de pintura a mi hermana los sábados. Estaba yo con ellos en la Ciudad de México y el maestro me dijo, "Le voy a pintar un cuadro". Me pintó ese cuadro y hablando de su técnica me dijo que en todo cuadro debía de haber un ser humano, no nada más un paisaje. Ese paisaje, excelente, y los dos campesinos nos recuerdan los cuentos de Rulfo. Ahora bien, el domingo pasado en un programa de televisión, se efectuó la visita a un museo en Nueva York, donde vemos a un pintor que parece que le está tomando el pelo a la gente, porque pone piernas aquí, pone *[risa]* una máquina aspiradora allá. Entonces preguntan, ¿Qué es el arte?, y responden que el arte es lo que el artista cree que es arte; bueno, eso es ya totalmente subjetivo. Ya no hay ninguna estética de la que podamos decir cuáles son sus características, pues si el arte es lo que usted dice o lo que yo digo, ¿cómo vamos a formular criterios para definir el arte? no podemos definir el arte en la coyuntura actual. En la crítica de la posmodernidad, como hemos dicho, no se hace una distinción entre lo popular y lo clásico; pero fíjese usted que si consideramos el graffiti de las calles como arte, entonces es ya algo popular abstracto. Ya tenemos una contradicción *[risa]*, porque el arte popular puede ser abstracto también; depende de la relación del artista. Así es que hemos llegado, creo, a un momento en que ya es imposible expresar criterios absolutos sobre las artes, cualquiera de ellas, literatura, pintura, música o lo que sea. ¿Está usted de acuerdo?

Sí, pero entonces ¿eso qué abre, qué posibilidades . . . ?

¿Posibilidades? Primero, permitir a otros expresarse artísticamente, y no a los de la Academia nada más, que es lo normativo; las tendencias dominantes, las estéticas tradicionales. Por ejemplo, leí un artículo la semana pasada acerca de una señora que había incluido en una exhibición pinturas de los niños indios de Chiapas. La criticaban mucho, le decían, "Ésos son indios, no, no . . .", bueno, pero esta señora dice, "No, estos niños tienen tanto talento artístico como cualquier otro"; pero es que lo que pintan no cae dentro de las normas de lo que consideramos arte. Eso es arte,

[dice don Luis, y señala a una reproducción de un cuadro de Millet que tiene en la pared]

ésa es una pintura clásica, *Las segadoras;* pero una pintura de un niño de Chiapas, ya no es arte, ¿por qué? *[risa]*. Bueno las posiblidades de las que me preguntaba; una, se democratiza el arte; se le da la oportunidad a otras personas de expresarse, de que sus obras sean consideradas como arte y no como pasatiempo.

Entonces usted le está poniendo mucho énfasis en el creador y en el receptor y no tanto en la obra en sí. Si el autor cree que eso es artístico . . .

No, eso es lo que decía la señora, no el crítico en el programa de la televisión, porque, por ejemplo, mire, había un cuadro blanco, nada más, y entonces la señora lo estaba analizando, hablando de las características de esa pintura; pero era un cuadro en blanco y ella lo consideraba como una obra artística, y valía millones de dólares.

Eso tiene que ver un poco, o mucho, con el mercado, la sujeción de la obra de arte al mercado. Se ha dicho que las galerías, en los años 80, han abusado mucho de la especulación . . .

Y con el prestigio. Picasso podía hacer cualquier cosa y venderla por miles de dólares; pero el niño de Chiapas, no, ¿por qué?

No sé, esto es una pregunta un poco complicada, ¿tiene usted alguna respuesta?

No.

Seguimos, lo dejamos para otro día . . .

Continuamos.

Volveremos a hablar de lo que hace que una obra sea reconocida como artística o no, sin olvidar el caso de la genialidad reconocida, y puesta precio, de Picasso y la poca estimación del niño pintor de Chiapas, quizá otro genio en potencia o ya en actualidad. Y con este enigma, terminemos el trago de Black Label y leamos este fragmento que aparece en ese diálogo que usted y Seymour Menton, en Morelia en 1987, sostuvieron sobre el realismo mágico.

Sí, vamos a leerlo. Creo que se podría titular "Otro diálogo de sordos":

LL: Algunos dicen que es inútil el término "realismo mágico", porque podemos explicar este fenómeno como un aspecto de la literatura fantástica. Cuando me invitaron al encuentro de "Teoría y práctica del cuento" [en Morelia], preparé mis notas siguiendo el esquema de Todorov respecto a la literatura fantástica. Yo pensaba, y esto pude corregirlo, que no era necesario este término ahora actual. También hay la idea de que lo mágico-realista se puede entender como un aspecto del surrealismo. Imposible. El mismo Alejo Carpentier, que fue un surrealista, rechaza en sus novelas al surrealismo. Recuerdo ese congreso de Michigan, en que ambos participamos, Seymour. Al leer la memoria de ese encuentro se perciben claramente las contradicciones. Cada uno de los investigadores que asistió maneja un esquema distinto.

El realismo mágico y la magia del arte

SM: En ese encuentro de Michigan, el año de 1973, fue cuando Rodríguez Monegal dijo que aquello era un diálogo de sordos; él pedía rechazar esas clasificaciones. Su postura me pareció errónea. Al referirnos, por ejemplo, al modernismo, lo "moderno" tiene muchos sentidos; pero "realismo mágico" encierra un concepto: que la realidad tiene cosas mágicas. Y ello está muy relacionado con la teoría de Jung; García Márquez ha dicho que si el ser humano sabe "ver" puede percibir toda la magia que existe en la realidad. Yo empecé por estudiar el origen del término en la historia del arte, y de ahí mi libro *El realismo mágico redescubierto*.

LL: A propósito, no estoy de acuerdo contigo en que podemos estudiar el realismo mágico en la literatura europea. Para mí, es una vertiente de la literatura hispanoamericana o latinoamericana, para incluir a Brasil.

SM: En eso tenemos diferencias fundamentales, pues yo afirmo que el realismo mágico es un movimiento internacional, igual que lo fue el romanticismo; comienza en la pintura hacia 1918, y luego tiene dos momentos esenciales, igual que los tuvo el surrealismo. En síntesis creo que es un movimiento con límites históricos. En cambio, lo fantástico no: tú puedes encontrar cuentos fantásticos en Egipto o en los tiempos bíblicos.

LL: Bueno, dame algunos ejemplos de realismo mágico europeo.

SM: Yo hice un estudio hace algunos años en que comparaba *Cien años de soledad* y una novela francesa, *El último justo*, con la que tiene una serie enorme de paralelismos; y, creo, los dos libros están escritos totalmente dentro del realismo mágico. En otro estudio comparo "Casa tomada" de Julio Cortázar con la novela alemana *Las peñas de mármol* de Ernest Junger, la novela italiana de Dino Buzzati *El desierto de los tártaros* y además una novela israelí. Estos cuatro textos tienen grandes semejanzas y comparten los mismos rasgos mágico-realistas.

Lo "real maravilloso" fue el término inventado por Carpentier en el prólogo a *El reino de este mundo*, de 1940. Y se refiere al mundo del vudú, los negros, o las atmósferas indígenas de Miguel Ángel Asturias en *Hombres de maíz*, pero hay que darse cuenta que no toda América participa de esas creencias o esas formaciones culturales. El concepto de lo real maravilloso no puede ser aplicado, por ejemplo, a Borges.

LL: Como tampoco el realismo mágico puede aplicarse a Borges.

SM: Sí, cómo no. Borges tiene los mismos rasgos mágico-realistas que los otros. En otro estudio mío encuentro el realismo mágico en algunos textos de Truman Capote . . . Cabe decir, esta definición implica las siguientes condiciones: el texto tiene que ser realista, y no debe permitir elementos sobrenaturales. Al estudiar la pintura mágico-realista encontré que esa actitud artística estuvo presente en pintores alemanes, norteamericanos, holandeses, italianos, etcétera. Era un fenómeno reconocido en los años veinte, que después de la guerra volvió a surgir en el cuadro *El mundo de*

Cristina de Andrew Wyeth; la escena de este lienzo es muy simple: una muchacha recostada en la hierba. En la escritura, los argentinos se decían herederos de la literatura fantástica, y en efecto, otros, tal vez la mayoría de sus mejores relatos, pertenecen más al realismo mágico. El cuento "Casa tomada" de Julio Cortázar, que incluyen Borges, Bioy Casares y Silvina Ocampo en la *Antología de la literatura fantástica,* es un ejemplo claro del realismo mágico.

LL: Para mí, "Casa tomada" no es un cuento mágico-realista, no tiene ningún elemento que así lo caracterice.

SM: ¿Y qué tendría de sobrenatural, si lo entiendes como relato fantástico?

LL: No digo tampoco que sea fantástico. Para mí es un cuento simbólico alrededor de un tema: la política de Perón. Lo entiendo en un sentido alegórico.

SM: Sí, en eso estamos de acuerdo, pero un cuento puede ser a la vez mágico-realista y alegórico o simbólico.

LL: Volvamos a "La lluvia" de Uslar Pietri: la interpretación de un cuento de realismo mágico o de un relato fantástico no puede ser alegórico. En nuestra plática, así planteando acuerdos y diferencias, quizá esta vez no logremos un diálogo de sordos. Qué lástima.

5
CHICAGO (1927-1943)

Metrópolis

 l viaje fue en tren. De Linares a Monterrey, a Laredo, luego a San Antonio; de allí un cambio, Saint Louis, Missouri; luego otro cambio, hasta llegar a Chicago.

¿Y qué impresión al cruzar a Estados Unidos?

La primera impresión fue en Laredo. Todo era diferente. Lo que más extrañaba era la comida, no podía comer *[risa]*, yo no podía comer. Era en mayo, me acuerdo porque yo llevaba un traje de verano y un carrete, esos sombreros de paja, como los de Maurice Chevalier, y llegué allá y hacía un frío . . . aunque era en mayo, precisamente el día que Lindbergh cruzó el Atlántico, el 21 de mayo. Me acuerdo muy bien. Llegué al Union Station, en el West Side, en el barrio pobre, donde había muchos extranjeros, italianos, irlandeses, judíos, muchos judíos. Mexicanos había muy pocos. No esperaba ver toda esa gente *[risa]*. Era en plena época de las inmigraciones de europeos, época cuando todavía había policías a caballo y distribuidores de leche en carros tirados por caballos. Me fui con los amigos de Linares que estaban allí y vivían con una familia mexicana, los Morales, de la ciudad de León, muy simpáticos, y eso me ayudó a hacer el cambio.

Tuve muchos problemas para entrar en la universidad, porque tuve que estudiar inglés, y pasar exámenes; me tomó varios años, hasta que terminé. Trabajé con un colombiano que tenía una oficina de traducciones. Leía todo el tiempo, pero en español: *La Prensa*, de Nueva York, y libros que compraba en la Halsted Street, donde había un restaurante mexicano; allí iba yo a comer muy seguido, enfrente del Hull House y al lado la tienda donde vendían libros, pero libros baratos, periódicos de México y discos. Y allí en el restaurante me encontraba con mexicanos, centroamericanos, españoles y otros "latinos", como se les llama ahora.

Y luego iba a la Sociedad Española, en el centro, en la calle Randolph, a la cual asistían todos los españoles. Me hice amigo del cónsul de España, ya en el 30; se llamaba Luis Pérez, era muy partidario de los republicanos.

La Gran Depresión y el comienzo de la era Roosevelt

A usted le tocó vivir el final de los "Roaring Twenties", en la "gran metrópoli" norteame-ricana, ¿quiere evocar algunas de sus impresiones de aquella experiencia?

Estados Unidos en esa época, y casi hasta que se inició la guerra, en los años 40 y 42, era un país muy diferente de lo que es hoy. De mis experiencias en Chicago, recuerdo que todavía había algo de lo de pueblo, en los barrios. No, Chicago en aquella época no era como Nueva York, pero sí una gran ciudad metropolitana. Y tenía no solamente el cine, que hay en todas partes, sino también la ópera, el teatro. Me tocó ver algunas obras de Bernard Shaw, que en aquellos años tenía bastante fama todavía; me tocó ver la primera película con sonido, *The Jazz Singer*, de Al Jolson. Cada año había tempo-rada de ópera en un teatro del centro de la ciudad, que después de que se construyó la nueva ópera se convirtió (esto ocurrió después de la guerra) en universidad, en Roosevelt University.

Cuando se inició la Gran Depresión con la caída de la bolsa en 1929, la pobreza no se notaba al principio; pero poco a poco la economía fue empeorando. Hubo sui-cidios de grandes magnates; las fábricas se cerraban, mucha gente quedó sin empleo; muchos se ganaban la vida vendiendo manzanas en las calles, porque no había seguro social. Cuando se inició la depresión Roosevelt era gobernador de Nueva York; vien-do las condiciones en que se encontraba el país, en 1932 se lanzó como candidato a la presidencia y ganó las elecciones. De ese año en adelante todo comenzó a cambiar, pero para bien y no para mal. Los cambios, a los cuales se les dio el nombre de "New Deal", fueron radicales: se instaló el seguro social, se organizaron los sindicatos, que no existían, se puso a la gente a trabajar, en el famoso WPA, construyendo edificios públicos y carreteras, y hasta a los artistas se les dio trabajo pintando murales.

Pero volviendo al 29, mi participación en aquella época fue un gran cambio, por supuesto, por el inglés, los espectáculos, el cine, no que no tuviéramos cine en Linares, el cine de Linares *[risa]* era pequeñísimo, donde pasaban películas muy antiguas, no las últimas novedades. Llego acá y me encuentro con las últimas novedades de Hollywood que le dan a conocer a todos los grandes artistas, y se interesa usted mucho en los mexicanos, como Ramón Novarro y Gilbert Roland. Y luego el cine ruso, también, de Eisenstein. Yo vi *El acorazado Potemkin* y no sólo eso, sino también la película que hizo en México. La vi; me acuerdo muy bien de haber visto esa pelícu-la que dejó sin terminar, que afortunadamente terminó un escritor norteamericano, Upton Sinclair, el productor. Yo la vi cuando se presentó primero, en un cine en la calle Clark.

Desde esa perspectiva, mi vida fue un gran cambio. Siempre asistía a la tempora-da de ópera; vi todas las clásicas, de Verdi. Y también, por supuesto, había grandes cines que parecían grandes teatros: el Oriental, adornado con todos los motivos orien-tales; cada teatro tenía su estilo. Pasaban una película y luego había una banda enorme que tocaba las últimas melodías, música popular; eso desapareció completa-mente: el gran espectáculo era el cine; también algunos cines tenían el vaudeville, así que *[risa]* fue un gran cambio. Del Salón Rojo de México al gran cine. Bueno, las películas eran monumentales; antes eran verdaderamente primitivas *[risa]*, pero acá no; existía ya un cine con grandes artistas europeos y norteamericanos y grandes argumentos.

¿Y de aquellos artistas mexicanos de Hollywood?

Me tocó conocer en México a Lupe Vélez, quien se hizo famosa en Hollywood como comediante. Dolores del Río ya era famosa en México cuando llegó a Hollywood; ésos eran los grandes artistas latinos, pero no sé si ellos fueron los que dieron origen al término "Latin lover".

Rodolfo Valentino, el gran prototipo del "Latin lover", ¿lo vio?

Ya lo creo *[risa]*, Valentino, con sus películas como *El Jeque,* y los "lovers" hispanoamericanos, sobre todo los mexicanos; se creó un estereotipo del hispanoamericano. Yo me identifico con esos artistas *[risas]*, los grandes galanes.

Los radicales de los años 30

Toda aquella radicalización político-social de los años 30, la depresión, los movimientos sindicalistas, el fascismo, el comunismo, ¿cómo lo vivió?

Sabe usted, lo que más afectó a las universidades, en los departamentos de español, fue la Guerra Civil Española del 36. Porque en todos los departamentos de español se formaban dos partidos entre los profesores, algunos que defendían a la República y otros que defendían a Franco. Eso afectó mucho; mas no los sindicatos. John Lewis era el famoso organizador de los obreros. No me tocó ver grandes huelgas en Chicago; lo que sí vi, algunas veces, fueron los destrozos que hacían los gángsters, que rompían las vidrieras de los negocios. Todavía existía la Prohibición *[risas]*, pero usted podía ir a un restaurante y le vendían licor, pero se lo daban en una taza; parecía que estaba usted tomando café, pero estaba *[risa]* usted tomando bebidas alcohólicas. Muchos lo preparaban en las casas; fue Roosevelt quien por fin quitó la absurda Prohibición. Pero me acuerdo que en Mississippi, en los años 50, todavía existía.

El peluquero mexicano y el gángster de las películas

Y usted, en la calle, ¿llegó a ver algún gángster, que no fuera de película, sino como los de las películas?

Una de las cosas a las que no podía acostumbrarme, ya le dije, era la comida; otra era el corte de pelo. En una peluquería, allá en el West Side, en la calle Taylor, me acuerdo muy bien del nombre de esa calle, la Taylor, había un peluquero mexicano, a donde yo iba a que me cortara el pelo. Parecía que era una peluquería de los gángsters, porque había un amigo allí con una metralleta *[risas]*, enfrente de la ventana, y me dijo el peluquero, "Éste es de los gángsters *[risa]*, uno de los gángsters" *[risa]*. Al Capone todavía era el que dominaba. Había guerras entre los de Al Capone, los italianos, y los irlandeses; entonces fue cuando mataron a todos éstos en el Valentine's Day, la gran noticia en los periódicos.

¿Conocía usted aquellos barrios de los gángsters, el barrio italiano . . . ?

Bueno, ya en los años 30 el barrio italiano había pasado por muchas etapas; se convirtió en el barrio mexicano, pero luego los mexicanos fueron desplazados. Aquí está el centro,

[Sus dedos sobre la mesa dibujan el centro de Chicago como lo habían hecho con la topografía de Linares.]

aquí está el lago y aquí al oeste estaba el barrio mexicano; pero luego la Universidad de Illinois construyó un campus muy grande allí, por lo cual los mexicanos se desplazaron . . . a la calle Roosevelt; aquí estaba la iglesia de Guadalupe, allí era el centro del barrio. Y acá estaba Cícero, donde había una concentración de italianos. Y al norte toda la clase media y al sur el barrio afroamericano, y todavía más al sur la Universidad de Chicago. La discriminación era muy, muy rígida, más que en Nueva York: en las tiendas no les atendían; en los grandes almacenes cuando entraba una mujer afroamericana la dejaban esperando, no la atendían. Contra el mexicano no había tanta discriminación en Chicago porque había muy pocos. Pero luego llegaron los puertorriqueños y se establecieron en lo que se llama el Near North Side; pero eso fue después de la guerra.

Volviendo a los gángsters, ¿vio usted aquellas películas famosas, le interesaban especialmente, como a Borges?

Sí, me acuerdo de *Scarface* con Paul Muni; era uno de los grandes; luego hizo la película sobre Juárez.

El fascismo, la guerra de España, Hemingway y los noticiarios

Y con el fascismo, por lo visto aquí los alemanes también se organizaron y había grupos de apoyo, ¿cómo se vivió eso en Chicago?

Esto yo no lo viví; dicen que en la primera guerra pusieron a los alemanes en campos de concentración, así como a los japoneses en la segunda guerra. Sí, había una tendencia contra el fascismo entre el pueblo, que por supuesto estaba siempre al lado de los aliados. La gente se burlaba de Mussolini, mas no de Hitler. Hubo también una gran reacción contra la invasión de España por los alemanes y los italianos. Me acuerdo de los reportajes que Hemingway mandaba a los periódicos; y como Hemingway era de Chicago, de un barrio al oeste, se reproducían en el *Chicago Tribune*, a pesar de que era un periódico muy conservador. Leyendo esos reportajes nos enterábamos de lo que pasaba en España. Si hubiera habido televisión, como hoy, habría sido una cosa totalmente distinta, viendo las imágenes en vivo. Ah, sí, había cines en que pasaban noticias nada más, todo el día por una hora. Usted iba ahí y en una hora veía las noticias, como hoy la televisión; cada hora las repetían. La entrada costaba veinticinco centavos. De Hispanoamérica no pasaban nada; no fue hasta cuando Roosevelt estableció el "good neighbor policy", en los años 40, cuando las noticias sobre Hispanoamérica comenzaron a aparecer en la prensa y en los noticieros en el cine.

Club literario hispanoamericano

Yo me hice muy amigo del cónsul español. A principio de los 30, nos reuníamos en la Sociedad Española, en un "circulo literario". Cada mes teníamos una comida y un "speaker"; invitábamos a alguien que estuviera de visita en la universidad, algún profesor, u otra persona para que nos hablara; yo por lo general era nombrado secretario del grupo o algo así *[risa]*. Allí leí un trabajo que después publiqué. Fue una de mis primeras publicaciones. Asistían siempre el cónsul de México y el de España; asistía también Hinojosa (no el autor de *Estampas del Valle*), que era el editor de la *Revista Rotaria*, publicada para toda Hispanoamérica. En esas reuniones me pedían que presentara a quien nos visitaba. Una vez me tocó presentar a un novelista venezolano; otra vez fue una mujer en México muy famosa que estuvo con nosostros en esas comidas; y así cada mes, en aquel "club literario hispanoamericano".

¿Me ha dicho que había recordado algo de su experiencia universitaria en los años 30 en Chicago?

Sí, uno de los recuerdos que me vino fue el de mi profesor Joseph Fucilla, que enseñaba Siglo de Oro y literatura italiana en Northwestern. Era el editor de la revista *Italica*, a la cual contribuí con dos o tres estudios sobre literatura italiana. El Siglo de Oro lo estudié en la Universidad de Chicago con Carlos Castillo; el teatro con Treviño e italiano con Borgese. También estudié con el profesor Berien, especialista en modernismo. Los estudios hispanoamericanos en aquella época llegaban hasta el modernismo. Berien había escrito su tesis doctoral sobre José Enrique Rodó y dictaba cursos sobre el modernismo, y también se interesaba mucho en la música. Era experto en música hispanoamericana y hablaba español y portugués como un nativo.

Un recuerdo de esa época que tengo es la visita del ingeniero mexicano Vito Alessio Robles, a quien le han dedicado una calle, con estatua, en la Ciudad de México; y es precisamente en esa calle, que antes se llamaba Cedros, como creo que ya le dije, donde vive mi hermana María Teresa. Las siguientes son unas notas que escribí a raíz de la visita de Alessio Robles.

Chicago, abril 10 de 1941

El día 31 de marzo, al llegar al colegio que la Universidad de Chicago tiene en el centro de la ciudad y en donde tengo que dar clases de español, me encontré con el profesor Carlos Castillo, mi consejero, quien me comunicó que el ingeniero Vito Alessio Robles llegaría a Chicago el día 3 de abril y que sería huésped de la Universidad de Chicago. Me dijo que habían acordado él y el decano que yo fuera a la estación a esperarle y que estuviera con él durante su estancia en Chicago.

El día señalado me dirigí a la estación Dearborn, donde llegan los trenes de la línea Santa Fe. A las ocho menos diez de la mañana llegó el tren y, aunque no conocía a Alessio Robles, me fue fácil identificarlo. Después de saludarlo le entregué las cartas a él dirigidas; le dio mucho gusto encontrar a un mexicano esperándolo. En el camino hacia la Casa Internacional, donde se hospedaría, se fumó varios cigarrillos de hoja, y me explicó que como norteño estaba acostumbrado a fumarlos, excepto cuando escribía, pues tienen que ser encendidos varias veces y esto le distraía. También me habló del hallazgo en la biblioteca de la Universidad de Nuevo México en Albuquerque (de donde venía) de las copias fotoestáticas de miles de documentos relativos a la historia del sur de los Estados Unidos y el norte de México, copiados del Archivo de Indias en Sevilla. Al llegar a la Casa Internacional me enseñó la lista de los documentos y me dijo que ya con eso consideraba su viaje como de gran provecho.

No deseando descansar, nos fuimos inmediatamente a la universidad, donde visitamos al decano, el famoso antropólogo Robert Redfield, el autor del libro *Tepoztlán* y estudios de la cultura maya. De allí pasamos a la oficina del profesor Castillo, quien nos acompañó a almorzar con el conocido historiador J. Fred Rippy, especialista en la historia de México.

Por la tarde llevé a mi huésped a la Bibliteca Newberry. Antes de llegar visitamos la compañía Rand McNally, pues el ingeniero estaba sumamente interesado en mapas y me dijo ser un coleccionista. De allí pasamos al consulado de México, donde nos recibió el señor Hill, cónsul general de México en Chicago. Me dijo Alessio Robles que no le gustaba visitar los consulados desde que, como desterrado en San Antonio, Texas, los empleados del consulado trataron de detenerlo. Para que no lo siguieran molestando, se fue a Austin, donde no hay consulado y donde estuvo trece meses haciendo investigaciones históricas en la Universidad de Texas.

Llegamos a la Newberry Library, donde ya el director, el señor Utley, nos esperaba. Lo más importante fue la visita a la colección Ayer, una de las más ricas colecciones de libros sobre las culturas indígenas de las Américas. Después de una cena mexicana (frijoles con tortilas de harina y café al estilo de Coahuila, de donde es Alessio Robles), pasamos a mi casa, pues necesitaba una máquina para escribir la columna que publicaba en el periódico *Excélsior* de la Ciudad de México.

Al día siguiente, viernes 4, por la mañana, Alessio Robles les habló a los estudiantes de la clase del profesor Castillo sobre las relaciones entre los países de las Américas. Tras otra conferencia con el profesor Rippy, nos fuimos a visitar el Museo de Ciencias e Industrias, frente al lago Michigan, no muy lejos de la universidad. El sábado visitamos la Chicago Historical Society, donde Alessio Robles se interesó en la información referente a La Salle. Por la noche, acompañados por mi esposa Gladys, cenamos en el restaurante Costa Rica, en el centro. Al día siguiente, domingo, después de almorzar con el sociólogo Robert C. Jones y de visitar el famoso acuario de la ciudad, llevé al ingeniero a la estación de La Salle, donde tomó un tren hacia Boston. Antes de partir me regaló algunos de sus libros.

Vito Alessio Robles nació en Saltillo, capital del estado de Coahuila, el 14 de abril de 1879. Su padre era italiano y su madre mexicana. Estudió en el Colegio Militar en la Ciudad de México, del cual recibió el título de ingeniero, y en el cual dio clases de matemáticas. Cuando estalló la revolución maderista fue puesto preso en el Castillo de San Juan de Ulua. Más tarde fue artillero en el ejército de Francisco Villa. Fue presidente del Partido Antirreeleccionista, senador al Congreso de la Unión y ministro de México en Stockolmo. Es autor de varios libros de historia y de memorias. No le volví a ver, e ignoro el año de su muerte.

6

La Segunda Guerra Mundial, las Filipinas y de vuelta en Chicago

En otro de los grandes avatares de su existencia, usted que de niño había vivido el conflicto de la Revolución Mexicana, ahora, abruptamente, se encuentra sacado de sus estudios de doctorado y de sus clases, para verse de soldado en Filipinas. ¿Qué nos cuenta de aquellas experiencias ahora que se va a cumplir el cincuenta aniversario del fin de la Segunda Guerra Mundial?

No sé si ya se lo dije, pero en las Filipinas pensaba encontrar un gran sector de la sociedad que hablara español, y que tuviera interés en la literatura, pero no encontré nada de eso. Llegamos a un pueblo, Tacloban, muy pequeño, en la isla de Leyte, donde no había muchas actividades culturales; encontré algunas familias descendientes de los españoles, pero muy afectas *[risas]* a Franco y muy contentas con su triunfo. Eso fue en el 44. Alguna señora decía: "Bueno, aquí lo que necesitamos es otro Franco para que *[risa]* arregle las cosas". Muchas de las actividades eran en inglés, y no en español, porque como hay tantas lenguas, muchos no se entienden entre sí; el tagalo es la más importante, pero no todos la hablan. Después de que las Filipinas recibieron la independencia en 1946 el tagalo fue declarado la lengua oficial, es una lengua muy rara, que sólo tiene tres vocales. Me tocó ver un drama en tagalo representado por actores locales; después de la presentación fui a hablar con ellos; quería una copia, pero uno de ellos me dijo: "No, no tenemos. Todo es improvisado" *[risa]*. Las únicas diversiones, para los soldados, eran las películas que pasaban, pero eran películas antiguas; y de cuando en cuando, la visita de algún cómico o de alguna actriz de los Estados Unidos. Me acuerdo que nos visitó una famosa actriz que se llamaba Dame Anderson, o algo así. Pero de lo cultural, casi no había nada.

Le voy a continuar la historia, ¿verdad?, no, mejor dicho, un incidente que tal vez le interese, y es que los japoneses nos estuvieron bombardeando todos los días hasta enero del 45. Venían muy bajitos para que los aparatos de radar no los detectaran, y nos bombardeaban con bombas que se llaman personales, muy pequeñas, muy pequeñas. Causaban muchas, muchas bajas. Y allí una vez cayó una donde estábamos dormidos, y todos alrededor mío estaban heridos, menos yo; es una cosa increíble, Víctor. Entonces todos fueron a recibir la medalla que se les da a los heridos en combate. "Vayan, nos decían, para que el médico les de su medalla, su Purple Heart . . ."; yo les decía que no tenía nada; me decían que me hiciera un rasguño . . . *[risa]*. Y creo que algunos no heridos se lo hacían. Yo no, yo no tengo Purple Heart.

Pocos meses después nos comenzamos a preparar para invadir el Japón; ya teníamos todos los armamentos, el equipo necesario para la conquista de las islas; pero en agosto del 45 cayó la bomba atómica, y Japón se rindió y se acabó la guerra. Yo no pude volver inmediatamente porque todos querían hacer lo mismo. Tuve que esperar hasta diciembre.

A usted que le tocó vivirlo tan cerca, ¿qué impresión le causó lo de la bomba atómica?

Era una impresión ambivalente, porque uno dice, "Bueno, se acabó la guerra, no tenemos que invadir Japón"; al mismo tiempo, tanto muerto. . . y tanta destrucción . . . ¿verdad? . . . con la bomba atómica. Estábamos dominados por dos emociones: la de alegría porque volvíamos, pero también la de tristeza por lo que había pasado al pueblo en el Japón.

Bueno, entonces, por fin, consiguieron un barquito holandés, relativamente pequeño, y allí me pusieron; el barco, motores diesel, venía lleno; tardamos un mes en la travesía, desde las Filipinas hasta Los Ángeles, al puerto en San Pedro. En el barco tenían una pequeña biblioteca . . . Allí me leí *[risa]* todo Proust.

Vivió "la busca del tiempo perdido", el de la novela de Proust y el de su vida.

El tiempo perdido allí lo recuperé *[risas]* porque no había nada que hacer, Víctor. Nos levantábamos por la mañana, nos daban dos comidas, y teníamos que hacer cola, y cuando terminábamos el desayuno, ya era hora de la cena *[risas]*; no teníamos otra cosa que hacer. Así es que por fin llegamos a Los Ángeles y, por tren, nos llevaron a Chicago; fue en diciembre. En enero comencé a enseñar en la Universidad de Chicago, donde reanudé los estudios para el doctorado.

Antes de ocuparnos de esa nueva etapa, ¿podría describirnos algo de la vida de los hispanos en el ejército norteamericano?, ¿estaban separados?

No, no había divisiones para los hispanos; pero, por ejemplo, los filipinos estaban separados, en batallones especiales. Los negros estaban en batallones separados también. Así es que era una discriminación tremenda. A los mexicanos no nos separaban, tal vez porque éramos relativamente muy pocos, muy pocos. Encontré un grupo que andaba allí buscando chile *[risa]*, porque comen el chile los filipinos, ya que, como usted sabe, las Islas Filipinas fueron una colonia de la Nueva España; hay muchas costumbres muy parecidas a las de México, y usan mucho el chile. Los mexicanos estaban muy contentos allí, porque había chile, porque allá en Nueva Guinea no había nada.

La mayoría eran texanos; había también gente de Nuevo México, pero éramos muy pocos, Víctor, muy pocos, y como estábamos separados en tantos batallones . . . Cuando estábamos en las Filipinas era posible que lo mandaran a estudiar para oficial. Yo era sargento y tuve la oportunidad de ir, pero no quise porque si iba tenía que prometer quedarme dos años después de que la guerra se terminara. Yo dije no, mejor me quedo de sargento, y vuelvo tan pronto como esto termine.

Conocería usted la literatura bélica, pacifista, ahora al vivirla, ¿qué reflexionó sobre la experiencia?

Ya lo creo, reflexioné mucho; yo conocía la literatura de la Primera Guerra Mundial, todas las novelas sobre esos desastrosos años, y las películas . . .

Como Sin novedad en el frente, *novela de Remarque y película, de gran éxito.*

Y luego, acá, las películas de propaganda contra Alemania y contra Italia; usted se acuerda muy bien; toda aquella propaganda que había en esas películas de los principios de los 40 contra los japoneses, películas que todavía se proyectan. Hoy todavía las vemos, de cuando en cuando, películas como *The Bridge on the River Kwai*, con Alec Guinness. Ese tipo de película nos pasaban allá; en cambio, libros había muy pocos. A Gladys le pedía que me mandara algunos, y ella lo hacía. Me mandaba uno o dos libros, porque el soldado tiene que cargar todo lo que tiene, todo lo que posee tiene que llevarlo a cuestas *[risa]*.

¿Y no escribió algunas de sus reflexiones sobre la guerra, algún diario?

Sí, algunas cosas; allá en las Filipinas sí escribía, algunas narraciones, algunos episodios, sí. Pero nunca los he publicado; pero los tengo, lo mismo que muchas fotografías de esa época.

Bueno, ésta es la gran oportunidad para que vengan a engrosar la narración de su vida, incorporémoslo a estas páginas:

Recuerdos de mi vida en el ejército

Mi entrenamiento como recluta se inició durante el otoño de 1943, en Camp Grant, al norte de Chicago, a donde llegué el seis de octubre, después de haber sufrido un riguroso examen médico. Me pusieron en la infantería, y de allí, con otros reclutas de Chicago, me llevaron al Camp Blanding, en el norte de la Florida, campo militar de entrenamiento a donde llegamos el 18 de octubre y donde permanecí hasta el 15 de febrero de 1944. En cuatro meses el profesor de español se había transformado en experto soldado de infantería.

Carta a mis amigos de Chicago, desde la Nueva Guinea (agosto de 1944)

Para que los que estén interesados sepan con exactitud mis aventuras desde que me despidieron en la cena que me ofrecieron en el Hull House, les diré que de Chicago me enviaron a San Francisco—lo cual indicaba que iría a servir en el frente del Pacífico—y de allí a un campo militar llamado Fort Ord en la Bahía de Monterrey, donde estuve entrenando del 27 de febrero al 8 de marzo. De allí pasé a otro campo a orillas del Río Sacramento, cerca de Pittsburgh, California. Por ese río, que es enorme, nos llevaron a San Francisco, de donde zarpamos hacia el Oriente el 20 de marzo, en un gran transatlántico italiano. Cuando los poderes del Axis declararon la guerra a los aliados, el transatlántico italiano *Re Umberto* se encontraba en Nueva York y fue decomisado por los Aliados. Le cambiaron el nombre—ahora se llama *U.S.S. Hermitage*—y lo usaron para transportar tropas. Yo descubrí que era el *Re Umberto* porque todavía se encontraba ese nombre en algunas de las puertas. Íbamos cerca de diez mil soldados. La ruta que seguimos fue de San Francisco a lo largo de la costa hasta Chile; de allí hasta la Nueva Caledonia, y por fin hasta llegar a una pequeña isla cerca de la Nueva Guinea, no muy lejos de Australia, donde permanecí hasta el 3 de junio. El viaje fue una de las partes más penosas de mi vida de soldado. Me tocó una cubierta en el fondo del navío y el calor era insoportable, especialmente al cruzar el ecuador.

El día que lo cruzamos, esto es, el 29 de marzo, nos entregaron un documento atestiguando el hecho. El documento es de interés por lo fantástico del lenguaje con que se expresa mi iniciación: "Into the Solemn Mysteries of the Ancient Order of the Deep", y porque va dirigido a todos los marineros, lo mismo que "to all Mermaids, Whales, Sea Serpents, Porpoises . . . and all other Living Things of the Sea", y va firmado por Neptunus Rex. Pero ni esas distracciones nos hacían olvidar la aglomeración que era terrible; íbamos verdaderamente uno encima del otro. Después de los 24 largos días, con una breve escala (sin desembarcar) en la Nueva Caledonia, isla francesa, llegamos a la Bahía Milne, puerto en la Nueva Guinea. Allí nos detuvimos un día y seguimos adelante hasta llegar, dos días después (el 14 de abril), a la pequeña isla llamada Goodenough, perteneciente al grupo D'Entrecasteaux, donde por fin desembarcamos, bien molidos del largo viaje. Lo de mayor interés en la isla es la presencia de los nativos, que son de baja estatura, color moreno, pelo pintado de varios colores. Son grandes constructores de viviendas de paja, que terminan en horas trabajando en grupos. Conseguí algunas fotos de ellos que un día de estos, esto es, si vuelvo a verlos, les mostraré, pues es difícil describirlos.

De la isla Goodenough (¿a quién se le ocurriría darle este irónico nombre a esta infeliz isla?) pasamos, en una pequeña embarcación de ésas que el ejército utiliza para llevar a los soldados de los barcos a la playa, a la Nueva Guinea, en la parte de la isla llamada Papua, que está bajo el dominio de Australia. El 6 de junio un grupo de reclutas fuimos enviados a Finschhafen, para unirnos al Batallón 562, en el cual permanecí el resto de mi estancia en el frente. Durante el viaje, hecho también en una pequeña embarcación, pasamos por Buna, lugar donde murieron miles de soldados americanos tratando de desalojar a los japoneses. De Finschhafen, el 29 del mismo mes, en otro viaje a lo largo de la costa que tampoco se me olvida, pasamos a la Guinea holandesa, o sea la parte de la isla que tiene la forma del pecho y la cabeza de un guajolote. Íbamos con gran entusiasmo, pues nos llevaban a Hollandia, la capital, donde pensábamos encontrar algo más que la impenetrable selva que abandonábamos. Pero no fue así. En Hollandia lo único que encontramos fue plantaciones de caucho y más selva. Pero también, algunas de las más hermosas playas que he visto. Y el otro lugar con nombre, Lae, era igual. [De eso hace medio siglo. Las cosas deben de haber cambiado. Hace poco me encontré aquí en Goleta cerveza fabricada nada menos que en Lae, lo que me hizo recordar mi estancia en esa remota isla.] En Hollandia permanecí hasta el 17 de octubre. Todos estos lugares—cuyos nombres sugieren la presencia de ciudades encantadas, aunque eran simples plantaciones en la selva, donde se explotaba el caucho—habían sido conquistados por los japoneses y, como estaban bien atrincherados, no fue fácil desalojarlos. Fue mi primer encuentro con la muerte.

Carta a mis amigos de Chicago, desde las Filipinas (enero de 1945)

De Hollandia, en octubre de 1944, pasamos a las Islas Filipinas. En la bahía de Hollandia—una de las más hermosas en el mundo—se reunió toda la flota de la marina norteamericana para preparar la invasión de las Filipinas. Mi batallón zarpó el 17 de octubre y llegamos al Golfo de Leyte el 24, cuando ya la gran batalla naval se había iniciado. Las primeras tropas, bajo el mando del General Douglas MacArthur, habían llegado al Golfo el 20 y desembarcado el día 21 en Tacloban, en la isla de Leyte, donde nosotros también lo hicimos después de haber sufrido grandes percances en el barco, en el cual cayó una bomba que, afortunadamente, no explotó. El mismo día, un avión japonés suicida que llamaban *kamikaze* quiso hundirnos pero falló por unos cuantos metros, desapareciendo en el mar frente a mis ojos. Espero tener la oportunidad de contarles con mayor número de detalles la toma de las Filipinas. Por lo pronto les diré, a ver si lo permite la censura, que los japoneses nos siguen bombardeando. Espero que todo vaya bien en Chicago y que el Mexican American Council siga adelante con su labor a favor de los mexicanos. Saludos para todos.

Fin de la guerra

En las Filipinas permanecimos casi un año, preparándonos para la invasión del Japón, evento que afortunadamente no ocurrió. Digo afortunadamente para nosotros, pero no lo fue para los habitantes de Hiroshima, donde la primera bomba atómica cayó el 6 de agosto de 1945; el día 9 estallaba otra atómica en Nagasaki, donde murieron 74,000 personas, y el Japón se rendía siete días después, esto es, el día 15. El presidente Roosevelt había muerto el 12 de abril y fue Harry Truman quien autorizó el uso de la atómica.

Antes de que cayera la atómica ya estábamos preparados para la invasión. Ya nos habían dado el equipo necesario. Una vez que se terminó la guerra, Alemania se había rendido el 7, no era necesario que permaneciera en el ejército, así es que pedí que me dieran de alta. Pero tuve que esperar hasta fines de octubre. Después de un largo y penoso viaje en una pequeña embarcación holandesa de motores diesel llegamos a Los Ángeles el 21 de noviembre, de donde pasamos a Chicago por tren. Un día de estos tal vez publique una versión más extensa de mis experiencias como soldado.

¿Horas de ocio en el frente?

No todo en el frente es atacar al enemigo; gran parte del tiempo lo pasan los oficiales preparando el ataque, mientras que los soldados se entretienen limpiando sus armas o charlando con los amigos acerca de lo que van a hacer cuando vuelvan. La única diversión que teníamos en la Nueva Guinea era ver al aire libre viejas películas de Hollywood, y en las Filipinas eso y la visita de uno que otro artista. Esa falta de diversiones me permitía dedicarme a la lectura con gran frecuencia. Leí algunos libros de la literatura filipina, como las novelas de José Rizal, sobre todo *Nole me tangere* (su gran obra), que trata de la presencia de España en las islas. También me acuerdo haber leído, creo que por segunda vez, la autobiografía de Henry Adams. Ya de vuelta, en el mar, leí las novelas de Proust, que me encontré en la pequeña biblioteca del vapor.

De nuevo en Chicago

Bueno, pasemos a su segunda llegada a Chicago, fin de la guerra, victoria, ¿cómo afectó todo eso a la vida americana y a la suya?

No sé si usted lo experimentó, Víctor, pero durante la guerra todo lo que se manufacturaba era para la guerra, no había nada, no había automóviles, no había casas para vivir, porque no se habían construido. Vivimos por algún tiempo en la casa de mi suegra, pero estaba en el norte de la ciudad y yo tenía que hacer un largo viaje hasta el sur para asistir a la universidad, ¿verdad? Por lo pronto fue difícil, pero las cosas no tardaron mucho en mejorar; todos los equipos de guerra los usaban con ese propósito. Yo comencé a enseñar en la Universidad de Chicago, y a continuar los estudios; me pidieron que enseñara en el *college*, ya "full time", en el 46, al principio del 46.

Otra cosa ocurrió a partir de esa fecha; ya había iniciado antes de irme mi participación en la comunidad. Había conocido allí en ese centro del que le hablé a un activista de Chicago, Frank Paz; asistía a las juntas mensuales en la Sociedad Española, donde me conoció, y me invitó para que fuera a participar en una asociación de chicanos que se llamaba West Side Community Center. Entonces fue cuando yo comencé a participar en los asuntos de la comunidad. Cuando volví de la guerra continué colaborando con Paz, y establecimos "The Mexican American Council" con el apoyo de la ciudad, para ayudar a los mexicanos que llegaban a Chicago.

Esas actividades las continué hasta que me fui al Sur; Paz se vino acá a Los Ángeles, y participó mucho en la política, hasta fue candidato para no sé qué puesto. Pero creo que murió, no tengo noticias de él. Otro activista de Chicago de aquella época fue Jones, Bob Jones, el primero en publicar un estudio, en 1931, sobre los trabajadores mexicanos: *The Mexican in Chicago*, un folletito que todavía conservo. Pero se fue a México; estableció un centro en la capital, donde lo veía cada año.

Otro que también participaba mucho en este grupo fue Martín Ortiz; cuando vine aquí a Santa Bárbara me encontré con él. Enseña en Whittier College, donde tiene el puesto de director del Chicano Program. A veces viene aquí y nos reunimos, nos vamos a platicar de aquella época *[risa]* de los 40 en Chicago. Nuestras actividades eran así como las de la Casa de la Raza, aquí en Santa Bárbara, pero teníamos menos actividades culturales que la Casa, pues nuestro propósito era ayudar con los problemas sociales a todos los chicanos y a los mexicanos. Si alguien era acusado o tenía algún problema con las autoridades, o lo que fuera, tratábamos de ayudarlo. Para los pocos eventos culturales que teníamos usábamos el Hull House, donde teníamos oficinas; luego alquilamos un edificio, un poco más amplio, donde instalamos una pequeña biblioteca, y alguien para que la cuidara. Me acuerdo que nos visitó Carey McWilliams, cuando estaba escribiendo su famoso libro, *North from Mexico*, el primer estudio sobre los chicanos escrito por un anglo; nos visitó para recoger información sobre lo que estaba pasando en Chicago; allí habla de Frank Paz que era el jefe del grupo.

¿Y tenían vínculos con Nueva York, Washington, con otras comunidandes mexicanas?

No, sólo con Texas; invitamos a varios dirigentes chicanos de Austin y San Antonio, como a Carlos Castañeda, no Carlos Castaneda el autor de libros sobre los indígenas de México, sino el otro, el historiador; invitamos a Sánchez.

¿Al educador George Sánchez, de Nuevo México?

Sí, el mismo; yo fui al aeropuerto a esperarlo y lo llevamos al hotel. Nos dio una conferencia muy interesante sobre los chicanos en Texas. Y a veces también, como ya estaba yo enseñando en la Universidad de Chicago, podíamos usar los salones del International House, donde teníamos juntas y conferencias. Gladys y yo vivíamos enfrente, en el Midway. Pero de California no, no me acuerdo que hayamos invitado a nadie de California, porque sería muy costoso llevarlos; pero de Texas era más fácil, y eran los más destacados entonces: el grupo de Sánchez y Castañeda.

Su actividad con la comunidad parece que se refleja o influye en su papel de estudioso de la literatura mexicana y, luego de la chicana, ¿en qué momento hizo coincidir estos dos intereses paralelos?

Lo curioso es esto, Víctor, que cuando yo estaba en Chicago había algunos periódicos en español que publicaban literatura, poemas y cuentos, pero no pensaba uno en la literatura chicana como si fuera un producto digno de ser estudiado en la universidad, ¿verdad? La leíamos pero no [risas] la estudiábamos. Eso no fue hasta después, mucho después. En cuanto a lo mexicano, naturalmente que hay una gran semejanza entre la literatura mexicana que estaba yo leyendo, y lo que estaba pasando en Chicago. Todas las novelas sociales mexicanas después de la revolución, y después en los 40, como las de Revueltas, reflejan los problemas sociales de los mexicanos en Chicago. Yo leí *El luto humano* poco después de que se publicara en 43; creo que lo leí en 46; si no es que lo haya leído antes de irme al ejército. Es una novela de sindicalismo que trata de proble-mas parecidos a los que existían en la frontera.

A veces también teníamos conflictos con el consulado mexicano, porque querían controlar a estas organizaciones, y nosotros nos oponíamos. Había un cónsul que quería establecer una Casa de la Cultura Mexicana, bajo el control del consulado, lo cual suscitó conflictos porque queríamos que el proyectado centro fuera independiente.

¿Seguía usted y el grupo de activistas de cerca la política mexicana del momento?

Sí, seguro, estábamos muy al tanto de la política mexicana, de todo lo que estaba pasando. Sobre todo cuando lo del petróleo en 38, que hubo una gran reacción contra México; ya se esperaba la invasión, pero se salvó México por Roosevelt que no invadió. Eso fue en 38, antes de la guerra. Después de la guerra, mejor dicho, ya durante la guerra, México se unió a los Estados Unidos, y no sólo eso, hasta mandó a las Filipinas un escuadrón de aviación, el escuadrón 202; yo no los vi *[risas]*, pero sí estuvieron en las Filipinas. Las relaciones entre México y los Estados Unidos cambiaron a partir de la guerra. Se estableció el programa de los braceros, que duró casi hasta los 60; venían muchos mexicanos a Texas y de allí a Chicago, donde los contrataban, para mandarlos a Michigan, Iowa y otros estados. Las experiencias de esos braceros eran muy parecidas a las que relata Tomás Rivera, en su novela . . . *y no se lo tragó la tierra*. Pero hay una diferencia: los personajes de Rivera son chicanos de Texas, independientes, y los que venían de México venían enviados por el gobierno, y tenían que ir a donde los mandaran. Cuando tenían quejas, iban con nosotros.

¿Entonces, eso dio realce a las asociaciones y agrupaciones mexicanas/chicanas?

Sí, sí, ya lo creo. Pero volvamos a la vida universitaria. Uno de mis compañeros de estudios en la Universidad de Chicago era Kurt Levy, quien escribió lo siguiente:

Recuerdos de un colega

En 1976, cuando me jubilé de la Universidad de Illinois, me ofrecieron un homenaje en la Universidad de Kentucky, donde Kurt Levy leyó una humorística carta apócrifa, de la cual reproduzco un fragmento:

> Nos conocimos en la Universidad de Chicago (hace más años de los que me atrevo a admitir), recibiendo nuestro aprendizaje académico con maestros como Corominas, de Chasca, Treviño, Castillo y, claro, Parmenter, el patriarca, quien igual que el patriarca de García Márquez y el arroyo de Tennyson, parecía dispuesto y capaz de continuar "forever".
>
> Nos encontramos en un departamento que por aquel entonces funcionaba bajo la dirección de un profesor de cuyo nombre no quiero acordarme, catedrático alabado de pocos y aborrecido de muchos. Desde allí salíamos al Midway, al club español de la Casa Internacional, a los restaurantes mexicanos, a la Sociedad Hispánica o, con Chávarri, a otras excursiones más o menos estimulantes para recargar las baterías académicas. Allí, en aula y en descanso, nació la llamada "Degeneración del 48", con compañeros como Gene Savaiano, John Sharp, Luis Soto Ruiz, Warren McCreedy, Homero Castillo, John Ferguson, Art Fox, Giulio Molinaro, Jack Krail, Joe Cinquino, Frank Naccarato, el padre Caveney, Bob Bishop, Kurt Levy y otros tantos.

7

La forja de un nuevo crítico y el "Boom" de la literatura hispanoamericana

Me gustaría que siguiera usted evocando sus años en la universidad y los comienzos de su carrera de profesor y de crítico.

*B*ueno, como le dije, con la guerra se interrumpieron mis estudios; del grupo de estudiantes graduados que nos fuimos a la guerra, yo fui el único en español que volvió; a los otros no sé que les pasaría, si se fueron a otras universidades, si murieron, no sé. Y lo curioso es que cuando iba a las Filipinas, bueno, no lo sabía, nadie lo sabía, fui en el barco ése que le conté, el que aparece en la película de 1974 de Fellini, *Amarcord,* en la escena cuando el pueblo está esperando en pequeñas lanchas, cerca de la playa, y de pronto aparece el gran transatlántico, el orgullo de Mussolini. Cuando vi la película me acordé de mi experiencia, porque yo había ido en el mismo barco. El *Re Umberto,* ¿verdad? Lo curioso es que allí en ese barco iba un conocido mío, pero no me acuerdo quién era, y él me presentó a un estudiante de español graduado que iba allí, y luego lo curioso es que cuando volví ese joven fue a la Universidad de Chicago y allí nos encontramos otra vez. Luego desapareció, ya no supe más de él. Bueno, volví a Chicago e inmediatamente me pidieron que enseñara en el *college.*

Y aquí tal vez tengo que hacer una pequeña explicación del sistema de la Universidad de Chicago bajo el famoso Robert Maynard Hutchins, quien reorganizó la universidad y separó los estudiantes de postgrado de los *undergraduates,* quienes podían obtener un B.A. en dos años, y hasta en un año, pero para hacerlo era necesario pasar exámenes. Si el estudiante pasaba todos los exámenes, permanecía un año estudiando ciertas materias en las cuales no era examinado, y de allí pasaba a las divisiones. Yo estaba estudiando en la división de las humanidades, en el departamento de lenguas romances, y al mismo tiempo enseñaba tiempo completo en el *college,* lo que hice hasta que terminé de escribir la tesis, que fue en 1950, antes de que Hutchins se viniera acá a Santa Bárbara. Me acuerdo porque cuando me gradué él fue quien me puso . . . *[risa]* . . . el birrete académico.

Cuando yo estudiaba no se ofrecían muchos cursos sobre Hispanoamérica, por lo cual tuve que estudiar mucho Siglo de Oro; Carlos Castillo, mi profesor, era especialista en esa época literaria. Estudié literatura italiana, casi tanta como Siglo de Oro; había pensado dedicarme al estudio del Siglo de Oro, pero mi interés estaba en la literatura mexicana, sobre la cual había escrito mi tesis de maestría. Por fin hablé con Castillo, y me dijo: "Sí, sí puede escribir algo sobre México si quiere"; entonces me dije: Voy a escribir algo sobre el cuento mexicano, y me puse a escribir mi tesis sobre esa materia. Del Siglo de Oro me interesaban algunos escritores sobre los cuales podía escribir una tesis. Me había propuesto escribir una historia del cuento mexicano, pero me quedé en los orígenes, porque encontré mucho material. Por fin escribí sobre "El cuento y la leyenda en las crónicas de la Nueva España"; ése es el título de la tesis; para escribirla tuve que leer un gran número de crónicas. Sin saberlo, me había adelantado a los que hoy estudian esas crónicas, que se han puesto de moda. Cuando yo las estudié muy pocos las leían.

¿Usted sacaba de las crónicas las leyendas y los cuentos?

Todo lo ficticio de las crónicas, todo, saqué todo.

¿Y no publicó su tesis?

No, sólo en mi *Breve historia del cuento mexicano*, publicada por Pedro Frank de Andrea en la Colección Studium en la Ciudad de México, se encuentra un breve capítulo, un brevísimo resumen de mi primer capítulo sobre el cuento prehispánico: el cuento azteca, el cuento tolteca, y el cuento maya, el *Popol-Vuh,* los mitos nahua y mayas. La tesis entera nunca la publiqué porque inmediatamente me puse a escribir otras cosas. Estudié literatura italiana; sobre Pirandello he publicado dos artículos, uno titulado "Unamuno y Pirandello", en la revista *Italica,* de la cual era editor Fucilla, que fue mi profesor en Northwestern University. Al leer las obras de estos dos autores encontré grandes semejanzas y me puse a compararlos.

El segundo es un estudio de la única novela de Pirandello, *Il Fu Mattia Pascal,* en el cual examino los motivos hispanos que aparecen en el texto. El estudio sobre Unamuno y Pirandello tuvo mucha resonancia, hasta en Europa, donde se escribió una tesis inspirada por mi estudio. Publiqué también un artículo sobre la novela histórica *I Promessi Sposi* (*Los novios*), de Manzoni, en el cual examino los elementos hispanos en la novela, sobre todo los históricos.

Dejé el italiano porque cuando llegué a Illinois en 1959 tenía que enseñar cursos graduados sobre literatura hispanoamericana, y tenía muchos estudiantes y mucho trabajo dirigiendo tesis doctorales sobre esa materia, lo cual me agotaba, no me permitía estar al tanto de la literatura italiana, y menos ponerme a escribir sobre ella; no me podía mantener al día. Mis estudios sobre literatura italiana habían sido, creo que le dije la última vez, con Borgese, con quien estudié la literatura contemporánea, y luego un curso sobre Dante. Estudié también con otro profesor de Washington, ya no me acuerdo ni del nombre, las obras menores de Dante, y con una profesora italiana el cuento italiano del siglo XIX. Esos estudios me han ayudado mucho, no fue tiempo perdido, no, porque me ayudaron después en el estudio del cuento: el cuento es el cuento, no importa de dónde sea. En la Universidad de Chicago también teníamos, de cuando en cuando, algún profesor que nos visitaba; me acuerdo, por ejemplo, de Poggioli y de Germán Arciniegas.

¿Y le trató usted a ese gran polígrafo colombiano, Arciniegas, quien todavía creo que vive, le conocí en la Universidad de Columbia, con su pesado abrigo gris y su gran maletín, cargado de libros?

Sí, mucho, mucho, de "visiting professor", enseñó una clase sobre el ensayo hispanoamericano, a la cual asistí.

En los años 40 y 50 no había muchos profesores de literatura hispanoamericana, a excepción de unos cuantos famosos, como Arciniegas o Torres Ríoseco, ¿le conoció usted?

A Torres Ríoseco mucho, pero eso fue en los 60. Torres Ríoseco y yo íbamos a Guadalajara todos los veranos, y nos alojábamos en el mismo hotel, el Hotel del Parque. Él enseñaba en la escuela de verano de Arizona, y yo en una escuela organizada por Arizona, pero patrocinada por el gobierno federal de Estados Unidos. Estábamos con él y con Renato Rosaldo, el padre de Renato Rosaldo, el antropólogo de Stanford; Rosaldo era director de la escuela de verano de Arizona; como decía un agente viajero (vendía leche condensada) que se alojaba en el hotel y de quien me hice amigo, Rosaldo era "el mero mero" *[risa]*.

De los críticos hispanoamericanos, en Estados Unidos, ¿diría usted que Torres Ríoseco fue el primero de los más famosos?

Fue el iniciador de los estudios hispanoamericanos; él me lo contaba, estaba escribiendo una autobiografía allá en Guadalajara, pero creo que se murió antes de terminarla.

Parece ser que es imposible escribir una vida sin incluir la muerte, así es que todas las autobiografías quedan imcompletas.

Torres Ríoseco iba con su esposa, una profesora muy joven, creo que todavía está allí en Berkeley. Sí, ella enseñaba lengua, y él enseñaba literatura, pero no hacía nada; él iba a pasearse nada más. Una vez, me dice: "Vamos a leer *Pedro Páramo*, Luis, cuéntame qué pasa *[risa]* porque no me acuerdo"; entonces yo tuve que hacerle un resumen del argumento.

Íbamos a comer casi todos los días en un restaurante español, muy cerca del hotel, que se llamaba Copenhagen. Iba con nosotros también José Balseiro, de Puerto Rico, que había sido gran pianista, quien nos contaba anécdotas de sus viajes por América dando conciertos. Y lo curioso es que Balseiro había enseñado en la Universidad de Illinois, donde yo he enseñado. Pero renunció el puesto porque recibió una herencia, y se fue a Puerto Rico. Él y Ángel Flores son del mismo pueblo, Barceloneta. Luego, Balseiro se vino a Miami, porque estaba muy cerca de San Juan, a donde podía ir y venir. Cuando se jubiló de Miami University lo invitó Rosaldo a Arizona, donde organizó el Congreso del Instituto de Literatura Iberoamericana, uno de los congresos del 60, y nos dio una gran fiesta en su casa. Allí conocí a Miguel Méndez, el novelista chicano, y a Aristeo Brito, cuando apenas comenzaban a escribir.

Me acuerdo que cuando Méndez me dijo, "Yo escribo cuentos", le dije, "Mándamelos"; no había publicado todavía. Me mandó sus cuentos, los leí y le escribí diciéndole: "Sus cuentos están muy bien, publíquelos". Los publicó, y luego yo escribí un artículo sobre uno de sus cuentos "Tata Casehua".

Torres Ríoseco nunca faltaba a la escuela de verano en Guadalajara, pero yo dejé de ir y no sé qué le pasó, cómo murió. Él fue uno de los primeros que recibió el doctorado en literatura hispanoamericana, en Minnesota, por allá, por los 15, sí muy temprano. Fue por muchos años jefe del departamento de español en Berkeley; luego llegó Luis Monguió de Mills College, que era muy amigo suyo; cuando Torres dejó la jefatura, Monguió fue el jefe por muchos años. Decían que la ambición de Torres era ir a Harvard, pero nunca fue invitado. Sus libros eran los únicos, y la historia sobre la novela, la poesía, Rubén Darío, el modernismo, eran los libros canónicos que todos leíamos y estudiábamos. No había otros.

Luego, como el 52, o 53, Pedro Frank de Andrea, en México, que tenía una librería llamada Studium, decidió comenzar a publicar textos críticos, porque no existían. Entonces concibió la serie que se llama Colección Studium, y quería publicar un librito sobre cada país y cada género en cada país. Torres Ríoseco fue el primero con su *Breve historia de la literatura chilena*, y yo el segundo con la *Breve historia del cuento mexicano*. Ambos manuales aparecieron en 1956. Luego Fernando Alegría, también publicó sus estudios sobre la novela. Y precisamente, me acuerdo que fue en casa de Andrea donde una vez me encontré con Andrés Iduarte; aunque Iduarte no publicó nada con Andrea, siempre lo visitaba. Yo hablando y hablando con Iduarte, y lo curioso es que él no se había dado cuenta de quién era yo, y por fin, preguntó, "Andrea, bueno, ¿quién es éste?", y le dice Andrea, "Es Leal", y dice, "Ah, yo creía que estaba hablando con un ranchero mexicano del norte" *[risa]*; porque Iduarte era muy humorista, como Torres Ríoseco. Con Torres no podía usted hablar en serio. Todo el tiempo estaba contando anécdotas.

A Alegría también le conocí allí en casa de Andrea. Cuando tuvimos uno de los congresos del Instituto de Literatura Iberoamericana—que dirigía Alfredo Roggiano—en la Ciudad de México, en la UNAM, una noche nos invitó Andrea a cenar; sería el 62 o el 63. Nos fuimos a cenar a un restaurante argentino en Insurgentes, todos los del grupo, y allí nació la idea de publicar una historia de la literatura hispanoamericana por géneros. Alegría dijo, "Bueno, yo hago la novela", y a mí me tocó el cuento, a Robert Mead el ensayo, a Arrom, de Yale, el teatro colonial, a Frank Dauster el teatro contemporáneo, a Roggiano la poesía y a Andrea la bibliografía.

El primer libro de la serie que se publicó fue la historia de la novela hispanoamericana de Alegría. El segundo fue mi historia del cuento hispanoamericano;

siguieron las historias del teatro (en dos volúmenes) y el ensayo; pero Roggiano no terminó la poesía. Andrea no terminó la bibliografía porque quería poner todo, todo, todo. Tenía archivos llenos de fichas, y yo le decía: "Mira, Pedro, ponte a hacer una bibliografía básica"; pero nunca lo hizo. Entonces quedó incompleta esa historia. No se publicó todo, pero ha sido muy útil porque no había nada igual antes.

¿Y qué pasó con Andrea y su editorial?

Pedro murió, sí, murió. Cuando yo conocí a Andrea vivía en el centro de la ciudad, en la calle Licenciado Verdad, al lado de donde está el nuevo museo de antropología. Allí tenía un apartamento lleno de libros, no se podía casi entrar. Y luego construyó un edificio de cuatro pisos cerca del Frontón, en Edison 62. Allí nos reuníamos todos. Tenía en la planta baja la librería. Vivía en el segundo piso, bueno allá sería el primero. Arriba tenía bodegas, bien llenas de libros, todo lleno de libros. Su mujer le ayudaba mucho; su hijo, Pedrito, estudió leyes en Harvard; ahora es un famoso abogado. Les vi hace poco en México a los dos.

¿Y qué pasó con la librería, con aquel fondo de libros?

No sé qué hicieron con los libros, no sé. Deben de estar en algún lado. Deben estar allí porque ellos viven allí todavía. La librería la cerraron cuando murió Pedro. Ahora recuerdo que publicaba un boletín mensual *Studium*, que era muy útil porque incluía artículos y una bibliografía completa. Sí, yo tengo completo todo el *Boletín Studium*.

Entonces, volviendo al grupo de "Studium", ¿en realidad ya estaba configurado cuando la eclosión de la nueva novela hispanoamericana en los años 60? ¿En cierto modo fue una plataforma para su recepción crítica en Estados Unidos y en otros países? ¿Quiere hablar de esto y del auge de la recepción de esa novela y de los estudios latinoamericanos en los Estados Unidos a partir de los años 60?

Bueno, Torres Ríoseco pertenece a la generación anterior. Para él las grandes novelas eran las "novelas de la tierra". Nunca estudió la nueva novela. Alegría sí, en su *Historia de la novela;* fue él quien dio a conocer mucho en Estados Unidos y en todas partes al grupo de la nueva novela, porque se distribuían los libros de Andrea también en Hispanoamérica y en España. En mi *Historia del cuento hispanoamericano,* que apareció en 1966, ya hablo de García Márquez, como cuentista, porque no era todavía conocido como novelista. Sí, en Colombia había publicado dos o tres novelas, pero *Cien años de soledad* no se publica hasta el 67. Y no era conocido; yo lo conocía como cuentista, y hablo de sus cuentos en mi *Historia*. En 1956, en la *Breve historia del cuento mexicano,* que es la primera del género, hablo del grupo de Juan José Arreola, Juan Rulfo y Elena Poniatowska. Y allí termina. El grupo de "Studium" favorecía a la nueva novela y al nuevo ensayo y a todo lo reciente; por supuesto había ciertas discrepancias de opinión, pero en general les favorecían mucho.

Luego viene la *Revista Iberoamericana*. Sí, y si usted consulta las páginas de esa época, entonces verá que allí ya están los primeros estudios sobre este grupo. Yo personalmente dictaba una clase de nueva novela en Illinois, y tan pronto como se publicó *Cien años de soledad* la leímos, y un joven estudiante, Isaías Lerner, argentino, escribió un estudio que se publicó en *Cuadernos Americanos,* en México; es el primero sobre *Cien años de soledad.* Lo curioso es que ayer, o el domingo, apareció un artículo en los periódicos sobre el director del canal de televisión, Univisión, un cubano, y una de las preguntas fue: "¿Cuál es su lectura favorita?" Dice, *"Cien años de soledad".* La está leyendo apenas *[risa]. . . .* Ya han pasado quince o veinte años, y él apenas ha descubierto *Cien años de soledad,* cuando nosotros en los años 60 ya la leíamos y comentábamos.

La muerte de Artemio Cruz, publicada en 1962, en usted como crítico, ¿qué impacto tuvo?

Yo ya conocía *La región más transparente,* que en mí tuvo un gran impacto, por la nueva técnica, la presencia de la Ciudad de México, el pasado y el presente, sí todo; la política, lo social, lo mítico, todo. Un gran hallazgo. Pero, como siempre he dicho, no es la primera novela urbana mexicana; como usted puede ver en un trabajo que publiqué en 1987, observo que *El Periquillo Sarniento* de Fernández de Lisardi, publicada en 1815, es una novela urbana. Se desarrolla en la Ciudad de México. Luego vienen los románticos y los naturalistas. La *Santa* de Federico Gamboa es una novela de la ciudad. Muchas veces, en la crítica hispanoamericana, aparecen opiniones hechas así de momento por aquéllos que no conocen bien la historia de esa literatura. "Ésta es la primera novela urbana, de la Ciudad de México", cómo es posible . . .

O quizá también por esa influencia de "la novela de la tierra" que se tragó hasta el asfalto durante tantos años.

Fuentes también contribuye al tema con su librito *La nueva novela hispanoamericana* (1969) donde cita *La vorágine* de José Eustasio Rivera y el hecho de que a los personajes se los tragó la selva, metáfora que aplica a la novela de la tierra, en la cual el ambiente domina al personaje, mientras que en la nueva novela el personaje se impone sobre el ambiente. Esa es la teoría de Fuentes, ¿verdad?

Recapitulando, a esos críticos que fueron los primeros en ocuparse de aquella literatura y mencionando a los que constituían el grupo de "Studium", ¿me los puede repetir?

Bueno, más identificado, Torres Ríoseco, primero; luego, Fernando Alegría. A Anderson Imbert le conocía también, y tengo que decir que cuando yo estaba en Emory, fue a darnos una conferencia y después, durante la cena, le estuve contando de un trabajo que estaba preparando sobre la novela *Jicoténcal,* y me dijo: "¿Por qué no lo publica para que otros sigan adelante?" No pensaba publicarlo porque quería hacer más investigaciones acerca del tema, pero por su consejo lo publiqué, y lo curioso es que hasta hoy nadie ha descubierto nada más, y eso fue en los 50. Pero Anderson Imbert no pertenecía al grupo nuestro; Roggiano sí, Alegría, Mead, Frank Dauster. ¿Quién más?, Arrom, quien se especializaba en teatro. Le interesaba mucho el teatro, y luego se metió a estudiar lo mítico del Caribe; pero su contribución, la de él y la de Dauster, fue sobre la historia del teatro hispanoamericano, que publicó Andrea en dos tomos; la de Alegría sobre la novela, la mía sobre el cuento, la de Mead y Peter Earl, que está en Pennsylvania, sobre el ensayo.

A propósito de Pedro Frank de Andrea, quiero contarle lo que me ocurrió un verano que estaba en México. Generalmente me quedaba en casa de mi hermana María Teresa, y un día que llamó Andrea por teléfono, como andaba en el centro, contestó mi tío Mariano Martínez, hermano de mi mamá. Cuando volví me dice, "Oye, te habló Andrea, no sabía que tenías una amiga".

¿Y a Andrés Iduarte, su contemporáneo, no le incluye en el grupo?

Iduarte sí tuvo mucha influencia, con su tesis sobre Martí. Eso es lo que le dio fama. Pero luego interrumpió la enseñanza y se fue a México como director de Bellas Artes.

Sí, el homenaje a Rivera en Bellas Artes, alguien que desplegó la bandera roja sobre su ataúd, se responsabilizó a Iduarte del suceso, quedó despedido del cargo de director y tuvo que volver a la Columbia University.

Su influencia no fue sobre la literatura hispanoamericana, sino sobre la literatura mexicana nada más. No se preocupaba de lo hispanoamericano, además de Martí. Era muy amigo de Martín Luis Guzmán. Yo publiqué en 1952 (todavía estaba en Chicago) un artículo sobre *La sombra del caudillo*, identificando a todos los personajes, e Iduarte inmediatamente me escribe una carta diciendo: "He mandado el artículo a Guzmán, porque me parece excelente". Entonces, Guzmán me escribió una carta, diciendo que había yo identificado a todos los personajes. Y así fue como comenzó mi amistad con Iduarte, a través de la correspondencia, hasta que le conocí en México en casa de Andrea. Y luego seguíamos carteándonos; no publicó mucho sobre la literatura hispanoamericana o la nueva novela.

Y Ángel Flores, ¿qué papel desempeñó?

A Ángel Flores y a Balseiro los conocí en 1960, cuando se celebraron en Chicago los Juegos Olímpicos Hispanoamericanos, cuando la ciudad organizó también eventos culturales, algo muy raro, y nos invitaron a varios profesores de Hispanoamérica para dar conferencias. A Ángel Flores dejé de verlo por mucho tiempo; sólo nos comunicábamos por correspondencia, hasta que me lo encontré en Nuevo México, muy acabado ya; casi no podía hablar. Estaba escribiendo un diccionario de autores hispanoamericanos y me pidió que colaborara con él y le escribí varias fichas.

¿Y se ha publicado el diccionario, porque él ha muerto hace poco?

Sí, se publicó ya, pero en inglés. Lo han criticado. Acabo de leer una reseña muy severa, pero me parece injusta; el diccionario es bueno, ya que incluye a los principales autores. Aunque no lo crea, Ángel Flores se hizo famoso con un estudio sobre Kafka.

Se interesó mucho en Kafka y en la literatura rusa y así se hizo famoso; publicó también una antología de Kafka en inglés; luego comenzó a hacer traducciones. Continuó la labor de Harriet de Onís, la mujer de don Federico de Onís, famosa como traductora de la literatura hispanoamericana. La labor de Flores, como usted sabe muy bien, la continuó Rabassa, que los superó a todos.

En 1940 se efectuó un concurso de novela hispanoamericana en Nueva York y el primer premio lo ganó *El mundo es ancho y ajeno,* del peruano Ciro Alegría, y el segundo se lo dieron a una novela mexicana, *Nayar,* del poeta Miguel Ángel Menéndez, yucateco; esa novela la tradujo Ángel Flores al inglés.

¿Y ese premio tuvo mucha difusión?

Sí mucha; para mí ese premio significa el fin del indigenismo hispanoamericano, porque fíjese usted que las dos novelas premiadas son indigenistas; pero con ellas termina el indigenismo. Y lo curioso es que Torres Ríoseco y Ángel Flores fueron miembros del jurado, y fue por su influencia que dieron premios a las novelas indigenistas. Había una novela del famoso novelista uruguayo, Juan Carlos Onetti, ¡y no sacó premio!, con una novela ya de la urbe, precursora de la nueva novela; según Rodríguez Monegal, Onetti inicia la nueva novela. Pero no le dieron un premio *[risa],* porque los jueces estaban viviendo la novela de la tierra.

Y a usted como lector de aquel momento ¿ya no le fascinaba tanto la novela de la tierra?

No tanto, ya no tanto; fueron los años de la guerra, cuando se interrumpen mis estudios ¿verdad?, pero *El mundo es ancho y ajeno* ya era considerada como una novela tradicional, semejante a *El indio,* de Gregorio López y Fuentes, del 35. Esas obras habían marcado época *[risa],* ya no eran actuales; por eso digo que el 40 marca una transición; acaba el movimiento de la novela de la tierra, el movimiento indigenista en Hispanoamérica y comienza una nueva literatura que culmina con el Boom. El Boom podría ser considerado como el fin de ese movimiento, o como el comienzo de algo nuevo; para mí es el fin de ese movimiento, más que nada.

Eso sería la modernidad tardía.

La modernidad tardía, exactamente. Hablando de tardío, se hace tarde. Vamos a comer.

Sí, vamos.

8

LOS AÑOS 50: EN EL SUR DE FAULKNER Y EL MÉXICO DE RULFO

El otro día empezamos a hablar de los años 60 y nos saltamos los 50; demos el salto en sentido contrario. Yo recuerdo los años 50 como años de bonanza económica. Se hablaba de la sociedad de la opulencia o de la abundancia y reinaba una gran homogeneidad aparente. Eran los años del anonimato y del conformismo como contrapunto de la opulencia. No hablamos de cómo vivió usted los años 50.

Es verdad, Víctor, los años 50 son el resultado del auge que trajo la reindustrialización del país después de la guerra, cuando ya Estados Unidos había logrado dominar el mundo en la economía. Fue una época de auge, yo creo, por eso muchos piensan con melancolía, casi con nostalgia, de los 50; hay un movimiento de esa gente que vivió durante esa época, para recordar esa década. Personalmente, yo terminé mis estudios en el año 50, y me quedé en Chicago un año más, el 51 o creo que el 52, año y medio, y fue una época de mucho trabajo para mí porque no podía quedarme en la Universidad de Chicago. Como usted sabe, nadie se puede quedar en la universidad donde recibe el doctorado. Era una época también en que no había muchos puestos, y recibí solamente una oferta de la Universidad de Mississippi, pero ya con *tenure*. Yo nunca he enseñado sin *tenure*, algo muy raro en la academia, pero es que ya había publicado varios libros de texto y artículos antes de doctorarme, por ejemplo el artículo del cual hablamos, sobre Guzmán y *La sombra del caudillo*. Me ofrecieron este puesto con *tenure* y lo acepté. Estuve en Mississippi cuatro años, y durante esos años, los veranos volvía a Chicago con la familia, mi mujer Gladys, que es nativa de Chicago, y mis dos hijos, Antonio y Luis Alonso. Estuve enseñando en la Universidad de Chicago esos veranos, donde había dictado un curso sobre cultura mexicana; aproveché mis apuntes y terminé de escribir el libro *México: civilizaciones y culturas* que se publicó en 1955, y todavía se vende, todavía hoy se vende, a pesar de tantos años y de que ya no está al día. Publiqué una segunda edición en 1971, pero no lo he puesto al día.

¿Piensa usted hacerlo?

No, no sé. Si me pide la editorial, tal vez lo haga. Lo interesante es esto. En 1971, para esa segunda edición, los editores de Houghton Mifflin me pidieron que añadiera un capítulo sobre los chicanos. Resulta que ese capítulo es mi primera obra acerca de la cultura chicana; en el último capítulo de la edición de 1971 ya está allí la fotografía de César Chávez.

Quizá eso le ayude a que se siga vendiendo tanto.

Sí, tal vez, porque ahora los chicanos lo leen en *high school;* está escrito en un estilo simplificado, y con notas y traducciones de palabras poco comunes, para que sea leído en las clases de español. Muchos me han dicho que lo han leído y que todavía lo tienen y que se acuerdan mucho de ese libro. Me acuerdo que un profesor de Texas escribió a la editorial una carta, de la cual me mandaron copia, diciendo que había echado a perder el libro porque le había añadido un capítulo sobre los chicanos, y que ya no lo iba a usar más *[risa];* pero eso fue en 1971.

¿Era un maestro de escuela?

No era de universidad, eso sería el colmo *[risa].*

El verano de 1955, en Chicago, recibí una invitación de la Universidad de Arizona por un semestre para eseñar literatura mexicana, y me fui a Arizona. Me acuerdo que me encontraba en Tucson cuando, en enero, Andrea me envió ejemplares de la *Breve historia del cuento mexicano,* que acababa de publicar. En general mis experiencias culturales y personales durante los 50 fueron muy variadas, porque conocí el Sur y el Suroeste. Estaba en el Sur cuando comenzó el "movimiento de los derechos civiles", que tomó fuerza a fines de los 50, y luego en los 60. En la Universidad de Mississippi, en Oxford, Mississippi . . .

¿En el pueblo de Faulkner?

Sí, a Faulkner lo veía yo todos los días, y a su hermano John, menos conocido, también novelista; vivía cerca de la universidad, pero nadie lo conoce porque William lo superó mucho, y se habla de William, pero nadie habla de John Faulkner.

Me fui de Mississippi en 1956, a Emory University, en Atlanta, Georgia, pero tengo muchos recuerdos de William Faulkner. Había un profesor del departamento que le encantaba ir a pescar, y me invitaba, y allí andaba William Faulkner pescando también *[risa],* en el río cerca de la ciudad. Oxford era entonces un pueblo muy pequeño. No sé si usted vio la película filmada en 1949, *Intruder in the Dust,* basada en una novela de William Faulkner que lleva el mismo título y en la cual participa el actor Juano Hernández; bueno, esa película fue filmada allí en Oxford, y la casa del abogado que defiende al negro—que lo acusan de una muerte—era la casa del jefe del departamento de español *[risa],* allí cerca del centro.

¿Y había algunos profesores o escritores negros?

No, no, existía una segregación total; no había ni profesores ni estudiantes, excepto uno que otro del Caribe, que estaban allí, y no pasaba nada; yo iba a tomar café con ellos y no pasaba nada, ¿verdad?, porque eran del Caribe y no del Sur. Ahora la Universidad de Mississippi tenía una regla que si un estudiante quería cursar estudios graduados, ellos le pagaban la colegiatura y lo mandaban a otra parte. Fue en 1956, precisamente, cuando me fui de Mississippi; el presidente de la universidad nos llamó a una junta y nos dijo que no discutiéramos el problema racial en las clases. Yo me dije: "No puedo, porque si estoy enseñando cultura hispanoamericana, ¿cómo no voy a hablar de las razas? Tengo que hablar del problema racial". Emory University, ya desde que yo llegué a Mississippi en 1952, me había ofrecido un puesto, pero yo acababa de llegar y lo rechacé. Habíamos comprado una casa y estábamos apenas instalándonos. Cuatro años después, esto es, en 1956, acepté la oferta de Emory con el rango de profesor asociado.

Emory, donde está la universidad, es un suburbio de Atlanta, Georgia, ciudad culturalmente avanzada. Hay muchísimos hispanoamericanos. Teníamos una asociación de hispanoamericanos, como en Chicago, pero más grande. Teníamos reuniones mensuales también sobre temas culturales o literarios, e invitábamos a oradores hispanoamericanos.

Volviendo un momentito a Oxford, el haber vivido cuatro años en el mundo de Faulkner, ¿eso de alguna manera le ayudó a comprender el mundo de Rulfo y el de García Márquez?

Ya lo creo, eso me ayudó muchísimo, porque Oxford es, o mejor dicho era en los 50, un pueblo igual *[risa]* a Comala o como Macondo, el de García Márquez, exactamente igual *[risas]*. Y no sólo eso; hace poco di una conferencia sobre García Márquez en México, y hablé de las experiencias que García Márquez había tenido durante un viaje a Nueva York, y de allí a Mississippi para conocer el pueblo de Faulkner. Según dice, tomó un autobús y se fue desde Nueva York hasta México, pasando por el Sur de los Estados Unidos, para conocerlo, porque, como nos dice, "Faulkner me ayuda a captar la vida en una comunidad pequeña, como Oxford", y Macondo es igual que Oxford, exactamente igual.

¿Y a usted le gustó, dejando aparte lo desagradable del racismo?

Me gustaba mucho porque me dejaban en paz. Yo podía escribir mucho allá. Terminé la *Breve historia del cuento mexicano*. Yo enseñaba mis clases; no había mucha biblioteca, pero tenía todas mis notas y todos mis libros de Chicago.

¿Y había algunos bares donde se reunían?

No, en los 50, el estado de Mississippi era seco; no se podía vender licor, pero todos los profesores iban a Memphis, a 75 millas al norte, en el estado de Tennessee, a traer licor. Todos teníamos licor en la casa porque íbamos a Memphis y lo traíamos. En

Atlanta, por supuesto, había muchos bares. Me acuerdo de uno que se llamaba The Blue Lantern; era el favorito del profesor Porqueras Mayo, que enseñó en Emory en 1959, mi último año en el Sur.

¿Y cuál sería la población afroamericana de Oxford?

Oh, sería, no sé, más de una tercera parte, o más. Pero la mayor parte de ellos vivía en el campo, no en el pueblo, que era muy pequeño, unos seis mil habitantes; la universidad tenía cuatro mil estudiantes, nada más. Yo dictaba clases de lengua, literatura y cultura hispanoamericanas. No había un programa de doctorado, sólo de maestría; dirigí dos o tres tesis de maestría. Los estudiantes graduados se interesaban mucho en comparar la literatura hispanoamerica con la norteamericana. Dirigí una tesina sobre Sarmiento y Cooper, esto es, la relación entre los dos escritores, porque Sarmiento menciona mucho a Cooper; tuvo mucha influencia de Cooper, sobre todo en la descripción de la pampa. Como visitó Estados Unidos y tenía gran admiración por Cooper, leyó todas sus novelas, que pueden ser consideradas indianistas. En su *Facundo*, Sarmiento usó la técnica de Cooper para presentar al gaucho, así como García Márquez usa la de Faulkner *[risa]* para presentar a Macondo; pero eso es una coincidencia.

Sus dos libros sobre México, el del cuento y el de la cultura tuvieron muy buena recepción; se adelantaron al gran interés que hay ahora sobre el tema. ¿Cómo explica que ya entonces tuvieran tan buena acogida?

Bueno, el del cuento, es muy fácil de explicar; es el primero, no había otro. Así es que todos lo reseñaban y lo elogiaban; de la Ciudad de México todos los cuentistas me escribían y me mandaban sus libros; pero es porque no había otro. Y todavía es el único; no hay otro. Mi libro sobre el cuento tuvo mucha resonacia en México. Mi libro sobre México, en cambio, tuvo éxito acá, en Estados Unidos; lo usaban en todas las universidades, porque no había otro sobre México. Hay muchos sobre Hispanoamérica, pero el contenido se diluye porque tiene usted que hablar de diecinueve países. Entonces, no puede usted hablar mucho de cada uno; pero en mi libro no, pues está dedicado a un solo país; la cultura mexicana es un ejemplo de la de otros países hispanoamericanos; yo creo que esa fue la causa a la cual se debió el éxito del libro. Luego, también, al hecho de que está escrito en un estilo que se usaba mucho en esa época para enseñar a leer, que consiste en reducir el vocabulario del libro; no usar palabras raras, sino concentrarse.

Como Borges.

Como Borges *[risa]*, pero con una función distinta, la de facilitar la lectura al estudiante. Al mismo tiempo que les está usted enseñando la cultura, ellos están aprendiendo a leer, y están aprendiendo el español: tiene dos funciones. Y luego, con el capítulo de los chicanos, pues era el único texto en español que había en 1971 sobre los chicanos, así es que se usaba con ese propósito; con lo de México como un fondo cultural, y luego lo chicano.

¿Piensa usted que el éxito de la recepción de sus dos libros se inscriba en ese contexto más amplio, con el cual, en aquellos años de la "alianza para el progreso", América Latina y México empiezan a verse aquí con creciente interés?

Sí, no hay duda de que hay un gran cambio en la actitud de Estados Unidos hacia Hispanoamérica, cambio que se inicia en 1942 con la guerra; pero también se debe a la presencia de Roosevelt en la presidencia, que establece la política del "buen vecino", con propósitos de ayuda para la guerra. Una vez que se acaba la guerra, México continúa colaborando con los Estados Unidos, porque se necesitaba mano de obra para la reconstrucción de la industria, y entonces se establece el programa de los braceros. Eso ocurrió con México, pero no con otros países de Hispanoamérica, con los cuales no existía esa relación. Con Cuba sí, porque Cuba antes de 1959 atraía a los turistas. De Centroamérica casi no había noticias en los periódicos; sólo cuando Guatemala fue invadida para cambiar el gobierno de Arbenz, ¿verdad? Pero pasó otra cosa en los 50 en las relaciones de los Estados Unidos con Hispanoamérica, y es que muchos profesores llegaron a las universidades, así como habían llegado de España en los 40. Algunos se preguntan: "¿Por qué hay tan pocos profesores de México?" Seymour Menton dio una explicación, una vez durante una mesa redonda en Cuernavaca, diciendo que de México no habían venido muchos porque México no ha tenido un dictador como Perón, o como Batista, o alguno de ésos, o Franco; que no había necesidad de emigrar. Pero no, yo lo atribuyo a esto: como México está tan cerca a Estados Unidos, cuando vienen, vienen con el propósito de volver, o por un año o dos, y no con la idea de quedarse. Yo creo que eso es más importante que la idea de una dictadura, anque sea perfecta.

Además, también, en esos años de los 40, los 50 y los 60 la economía mexicana estaba en crecimiento. Los profesores universitarios vivían bien en México.

Es cierto, entonces no había necesidad de venir a Estados Unidos. Venían, sí, a dar conferencias, pero no a quedarse; o venían por un trimestre o un semestre y se volvían. Pero muchos no querían venir *[risa]*. Yo me acuerdo que muchas veces se les invitaba, y decían que no querían venir . . .

Se acabó la cinta y nosotros, por hoy, nos vamos.

[Una vez que Víctor se había marchado me quedé pensando que fue precisamente durante la década de los años 50 cuando Juan Rulfo publicó sus dos libros, El llano en llamas *en 1953 y* Pedro Páramo *en 1955; obras a las cuales les he dedicado estudios. Ese recuerdo me llevó al verano de 1962, cuando conocí a Rulfo en Guadalajara. Afortunadamente, hice algunos apuntes de las conversaciones que con él sostuve en el Café Nápoles, en donde también se encontraba Lysander Kemp, traductor de* Pedro Páramo *al inglés. Para sorprender a Víctor*

*transcribo aquellas notas, que así se convierten en una duplicación interna, una conversación
dentro de otra. Aquí yo reemplazo a Víctor.]*

Conversaciones con Juan Rulfo

(Con comentarios)

Conocí a Juan Rulfo en Guadalajara durante el verano de 1962, cuando ya el autor de
El llano en llamas y *Pedro Páramo* era famoso como cuentista y novelista, cuando ya sus
dos obras maestras habían sido traducidas a varias lenguas.

Sin embargo, Rulfo, a pesar de que para entonces su obra narrativa era bien conocida en Europa, Hispanoamérica y los Estados Unidos, vivía con dificultad en
Guadalajara, donde tenía un puesto mal pagado en Televicentro como agente de pu-
blicidad. Me acuerdo que con gran entusiasmo me hablaba de un nuevo invento, el
video casete, que le parecía—y tenía razón—que iba a revolucionar los medios visuales
de comunicación.

Pronto Rulfo habría de abandonar Guadalajara una vez más para trasladarse a la
Ciudad de México, donde le esperaba un puesto en el Instituto Nacional Indigenista,
puesto que mantuvo hasta el día de su muerte.

Tuve la oportunidad de conversar con Rulfo en varias ocasiones durante ese verano de 1962, ya que de vez en cuando asistía a la tertulia literaria que se reunía
entonces en el Café Nápoles, de feliz memoria, la cual era frecuentada por los más
destacados intelectuales y escritores de esa década, entre otros Arturo Rivas Sainz,
Olivia Zúñiga, Ramón Rubín, Adalberto Navarro Sánchez y el crítico de arte
Salvador Echavarría. A veces se presentaba Octavio G. Barreda con su buen humor,
y con menos frecuencia Lysander Kemp, el traductor de *Pedro Páramo* al inglés, que
entonces vivía en Guadalajara. Navarro Sánchez editaba en aquella época la revista *Et
Caethera,* órgano de la generación.

Después de la tertulia, que se reunía de la una a las dos de la tarde, nos íbamos a
comer, y de allí yo al Hotel del Parque, donde trataba de reconstruir las conversaciones
que había sostenido con Rulfo. Sólo siento que no lo haya hecho con todas ellas. Al
15 de junio de 1962 pertenece la siguiente, la cual transcribo según la escribí entonces:

—Dígame, Rulfo, ¿por qué no publica otra novela, o más cuentos?

—Porque no tengo tiempo. Tuve que venirme a Guadalajara porque necesitaba un
empleo fijo. Los frijoles vienen primero.

Sabemos, por supuesto, que en 1959 Rulfo, en la Ciudad de México y sin empleo,
decidió volver con su familia a Guadalajara en busca de una mejor situación económica y tranquilidad espiritual. Me contaba el novelista Ramón Rubín que Rulfo, en
1962, estaba muy repuesto, comparado al estado en que había llegado de México en
1959. "Llegó—me decía Rubín—hecho un despojo. En México los literatos, en vez
de ayudarlo y tratar de obtener un empleo digno para él, lo emborrachaban y lo dejaban abandonado; y todo por envidia de su talento, para evitar que escribiera más y les

hiciera sombra. Aquí en Guadalajara, cuando menos, tiene un empleo en Televicentro, donde puede ganar suficiente para mantener a su familia con dignidad. Ése ha sido siempre el problema de Rulfo, la falta de dinero para una vida digna".

—¿Y en qué se ocupa ahora?—le pregunto a Rulfo.

—Ahora estoy trabajando en Televicentro, donde también nos ocupamos de escribir la historia de Jalisco. Vamos a publicar varios documentos: un volumen sobre Vasco Núñez de Balboa; otro sobre varios cronistas, y uno sobre Fray Antonio Tello y su crónica. La obra de Tello, sobre todo el segundo volumen, es muy difícil de obtener; ni siquiera aquí en la biblioteca del estado lo tienen; tuve que usar el ejemplar de un amigo.

—Y hablando de otra cosa, ¿qué pasó con su novela, *El gallo de oro*, que estaba escribiendo?

—Bueno, esa novela la terminé, pero no la publiqué porque me pidieron un *script* cinematográfico y, como la obra tenía muchos elementos folklóricos creí que se prestaría para hacerla película. Es la historia de un gallero que va de pueblo en pueblo con su gallo de pelea. El título original de la obra era "El gallero", pero cuando se filmó la película se le puso *El gallo de oro*. Yo mismo hice el *script*. Sin embargo, cuando lo presenté me dijeron que tenía mucho material que no podía usarse. Uno de los que insistió en que se cambiara el *script* fue Carlos Fuentes. Lo que quedó fue el puro esqueleto de la novela.

—¿Y por qué no rehace usted la obra y la publica como novela?

—Es muy difícil. El material literario de la obra lo destruí. Es casi imposible rehacerla.

Hoy, por supuesto, sabemos que *El gallo de oro* se publicó en 1980, aunque no sabemos si con el consentimiento del autor. Tampoco sabemos si lo que se publicó es el *script* original que Rulfo presentó, o si añadió algunos elementos literarios. Sí sabemos que el argumento que Rulfo entregó al productor Manuel Barbachano Ponce con el propósito de rodar la película fue alterado, y que el nuevo guión fue preparado por Carlos Fuentes y Gabriel García Márquez. He aquí como recuerda García Márquez el texto de Rulfo: "Carlos Velo—dice—me encomendó la adaptación de otro relato de Juan Rulfo, que era el único que yo no conocía en aquel momento: *El gallo de oro*. Eran 16 páginas muy apretadas, en un papel de seda que estaba a punto de convertirse en polvo, y escritas con tres máquinas distintas. Aunque no me hubieran dicho de quién eran, lo habría sabido de inmediato. El lenguaje no era tan minucioso como el del resto de la obra de Juan Rulfo, y había muy pocos recursos técnicos de los suyos, pero su ángel personal volaba por todo el ámbito de la escritura".

—Además de sus dos libros y "El gallero", ¿qué otra cosa ha escrito?

—Tengo otra novela, pero está sin terminar.

—¿Y cuentos?

—También tengo varios, pero también sin terminar. Como le dije, los frijoles vienen primero. Esto me recuerda el caso del cuentista Cipriano Campos Alatorre. El pobre no tenía ni para comer. Lo poco que ganaba lo entregaba a su mujer para que comieran ella y sus hijos. Él se quedaba sin comer. Murió de hambre.

—Oiga, Rulfo, cuénteme algo de Efrén Hernández.

—Efrén y yo trabajábamos juntos en inmigración. Era muy pequeño, muy liviano. Lo llamábamos "Tachas". Tampoco comía. Pero era por otros motivos, no por falta de dinero. Practicaba el yoga y seguía las doctrinas de Plotino. Decía que para tener el cerebro despejado era necesario no comer. Y como comía muy poco, cuando algo le caía al estómago, lo sentía muy pesado y no podía pensar.

—Y la influencia de Plotino sobre Efrén Hernández, ¿fue debida a José Vasconcelos?

—Sí. Vasconcelos también era aficionado a Plotino. Tenía ideas raras. Su médico era un japonés que curaba con unos tizones. Una vez Vasconcelos mandó con su médico japonés a un amigo para que lo curara. Pero qué lo había de curar. Lo único que hizo fue quemarle todo el cuerpo.

La influencia de Efrén Hernández sobre Juan Rulfo fue sumamente importante. Varias veces se ha referido a ella. En una entrevista que concedió a Elena Poniatowska en enero de 1954, un año antes de que se publicara *Pedro Páramo,* hizo estas declaraciones: "Él leyó mis primeras cosas, él publicó mi primer cuento, 'La vida no es muy seria en sus cosas' . . . [que] por fortuna casi nadie lo conoce, y el olvido que ha caído sobre él no me parece suficiente. . . . Yo debo a Efrén una barbaridad de cosas. Los dos trabajamos en migración, allá por 1937 . . . Efrén . . . me señaló el camino y me dijo por donde . . . ya lo ves, parecía un pajarito. Pero con unas enormes tijeras podadoras me fue quitando la hojarasca, hasta que me dejó tal como me ves, hecho un árbol escueto".

Sin embargo, a mi pregunta, ¿cómo llegó usted a obtener el estilo que usa en sus obra? Rulfo contestó:

—Cuando yo estaba en la preparatoria escribía en un estilo inflado, retórico, bombástico. Y para librarme de ese estilo caí en el que ahora uso. Creo que el fracaso de la mayor parte de los escritores hispanoamericanos es debido a que tratan de evitar escribir como habla el pueblo. Yo, al contrario, creo que el lenguaje más puro es el del pueblo. Aquí en Jalisco, sobre todo en Los Altos, la gente habla como se hablaba en el siglo XVI. Tratando de imitar el modo de hablar de la gente del pueblo he caído en un estilo muy sencillo. Pero hay que tener presente que mis personajes no son indios. Son mestizos, son mexicanos.

El domingo 24 de junio de 1962 lo pasé en el pequeño pueblo de Cajititlán, frente al lago del mismo nombre, a corta distancia de Guadalajara. Ramón Rubín nos invitó a Rulfo y a mí a pasar el día en su finca a orillas del lago. Cuando llegamos a Cajititlán recibí la impresión de que me encontraba en Comala. Si no fuera que el pueblo tiene un lago, hubiera creído que Rulfo se había inspirado en Cajititlán para escribir su novela. Al mismo tiempo, el ambiente del pueblo y sus habitantes me ayudaron a comprender el realismo mágico. Mencionaré algunos incidentes que ocurrieron ese día.

Contó Rubín que los habitantes del pueblo no se atreven a pasear en lancha en el pequeño lago o a pescar, pues creen—y dicen que ya ha ocurrido varias veces—que una mujer sale del fondo del lago y hunde las barcas.

Como a las dos de la tarde Rubín nos llevó a comer a la única fonda en el pueblo, la de doña Dolores, mujer muy parecida a Dolores la Cuarraca en la novela de Rulfo, con quien Juan Preciado sostiene largas conversaciones en la tumba.

Después de comer y despedirnos de doña Dolores fuimos a ver la fachada de la antigua iglesia, según parece del siglo XVIII. Frente a la plaza encontramos un grupo de hombres trabajando, lo que nos extrañó, pues era domingo. Rubín se acercó a saludarlos. Eran padres de familia que estaban construyendo una escuela en el antiguo convento, ahora destruido.

Entramos al edificio, todavía sin techo, y allí estaba otro grupo de hombres alrededor de un señor algo moreno, de lentes de carey, camisa azul y corbata negra, con manchas del mal del pinto visibles en el cuello. Estaba borracho y al vernos se acercó a preguntarnos si éramos ingenieros. Rubín sabía quién era y nos presentó, a Rulfo como escritor y a mí como crítico. El borracho dijo que para él los escritores y los críticos no valían un centavo, que lo que necesitaba era un ingeniero, pues deseaba que se levantara una acta atestiguando que él había construido el atrio de la iglesia.

El personaje me causó una gran impresión: se comportaba como político de pueblo y al hablar intercalaba las más groseras exclamaciones, tanto cuando se dirigía a los trabajadores como cuando le hablaba a un muchacho que lo llamó papá y que le dijo que lo estaban esperando para comer.

Por fin se retiró acompañado del hijo, y Rubín nos dijo que era el cura Rodríguez, que había estado en la iglesia de Cajititlán hacía algunos años; que así era la mayor parte de los curas de esos pueblos; que uno de ellos había dejado allí varios hijos; que el pueblo lo admiraba por hombre, por acostarse, como el personaje Anacleto Morones de Rulfo, con todas las viejas del pueblo.

El presente cura—continuó diciéndonos Rubín—es una excepción: le gusta la literatura, ha leído algunos libros. Por eso no lo quieren. Se quejan de que es muy puritano, porque cuando llegó les preguntó si en ese pueblo los hombres eran muy matones.

Del pueblo volvimos a la huerta de Rubín, donde, bajo una enramada, continuamos charlando. De pronto se presentó el encargado de la huerta, para informar a Rubín lo que había hecho durante la semana y para recibir nuevas órdenes. Al termi-

nar su negocio, no se marchó, sino que se quedó un buen rato, comentando lo ocurrido en el pueblo. Entre otras cosas, nos dijo que a su compadre Margarito, que estaba
en la prisión, ya le iban a dar la libertad y que llegaría a Cajititlán de un día a otro.
Nos contó con todos sus detalles la vida de don Margarito y su tragedia: por rencores
había dado muerte a varios en el pueblo. Mientras el peón contaba, interrumpía la
narración para informarnos que don Margarito era un hombre muy bueno, a quien la
mala suerte había perseguido. Cuando se fue, Rulfo hizo una observación que me
ayudó a comprender su estilo. En vez de comentar sobre el hombre bueno que había
matado a varios cristianos, tema que parecía sacado de uno de los cuentos de *El llano
en llamas*, observó que en el lenguaje del narrador predominaba el uso de arcaísmos, y
mencionó varias de las palabras antiguas que había escuchado, palabras en las que yo
no me había fijado. Esas observaciones sobre el lenguaje me dieron la oportunidad de
hacer a Rulfo algunas preguntas sobre su propia obra.

—He leído su novela *Pedro Páramo* varias veces—le dije—y me parece una obra perfecta.

—No lo crea. Hay un personaje que lleva dos nombres.

—Sí—le contesté—pero también en *Don Quijote* hay personajes con dos nombres.

—Es verdad, pero el *Quijote* es una obra extensa y la mía es muy breve. A mí no se
me puede perdonar. El error se debe a que tengo muy mala memoria. Cuando yo
escribo nunca guardo notas acerca de los personajes; yo los creo y los dejo que obren
por su cuenta; solamente los guío. Otro error en mi novela, que no ha sido corregido,
es ése donde dice que Juan encontró el retrato de su madre en una cajuela; debe de ser
cazuela: encontró el retrato en una cazuela.

—¿Cómo llegó usted a perfeccionar la técnica del cuento?

—Mis cuentos de *El llano en llamas* no son los primeros que escribí. Muchos fueron
a dar al cesto de los papeles. Los cuentos que usted conoce son el resultado de un largo
esfuerzo por dominar la técnica; en el estilo son el resultado de mis deseos de supe-
rar el estilo bombástico, artificial, de que le hablé.

—¿De dónde saca los temas?

—Yo creo que los temas deben de salir del pueblo. No hay necesidad de recurrir a las
literaturas extranjeras o crear ambientes exóticos para escribir cuentos. Aquí tenemos
suficiente material para escribir y dar expresión a temas originales y de gran interés.

—¿Cómo concibió la idea que da forma a su novela?

—A mí no me gusta hacer crítica, no soy crítico. Le diré, sin embargo, que *Pedro
Páramo* es el deseo de hacer vivir de nuevo a un pueblo muerto. El pueblo muerto
vuelve a vivir en la imaginación de mis personajes. Cuando yo era chico vivía en un

pueblo pequeño, que me parecía, como es natural en los niños, el mejor del mundo. Cuando volví, ya mayor, lo encontré abandonado; las casas estaban cayéndose, apuntaladas con horquetas. El pueblo estaba diezmado, lo que me causó gran impresión. Descubrí que la causa de la decadencia había sido el cacique local.

—¿Cómo llegó usted a pensar en la idea de crear personajes ya muertos?

—Aquí en los pueblos de México existe la idea que las ánimas en pena visitan a los vivos. En los caminos, todavía hoy cuando hay un muerto, la gente arroja una piedra sobre la sepultura; esa piedra equivale a un Padre Nuestro para la salvación del ánima del difunto. En la novela, todos están muertos. Ya desde que Juan Preciado llega al pueblo con el arriero está muerto. La historia del pueblo se la cuentan los habitantes muertos. Así, el pueblo vuelve a vivir una vez más. Ése ha sido mi propósito, darle vida a un pueblo muerto.

Cuando el sol se comenzaba a poner volvimos a Guadalajara en el coche de Rubín. Llevamos primero a Rulfo a su casa en la calle Cristóbal de Oñate, y Rubín me llevó después al Hotel del Parque, donde me puse a escribir estos apuntes, hasta hoy inéditos.

9
ENTRE LA LITERATURA MEXICANA Y LA CHICANA

Después de algún tiempo aquí volvemos otra vez a este despacho de usted en la universidad. El otro día hablamos del nuevo hispanismo de los años 60, con el auge de la nueva novela latinoamericana y del grupo de latinoamericanistas que aquí, ya de desde los años 50, estaban preparando el terreno, "horizonte de expectación" para la recepción de dicha literatura. Quizá hoy podemos hablar de finales de los 60; los Mayos del 68, la masacre de Tlaltelolco y aquellas fechas en que usted se siente más identificado con el naciente movimiento chicano.

Sí, en 65 todavía estaba en la Universidad de Illinois cuando empezó el movimiento chicano, y acá en California la huelga de Chávez; en Illinois también, y sobre todo en las universidades, hubo grandes protestas contra la guerra en Vietnam, como usted sabe muy bien. Y la huelga de los estudiantes, que no iban a las clases, las boicoteaban; iba el profesor a enseñar y no había nadie, porque andaban en la huelga. Fue entonces también cuando hubo reformas en el departamento de español de Illinois, en el cual no había ninguna representación de los estudiantes; del 68 en adelante, los estudiantes lograron, no sólo allí sino en todas partes, participar en el gobierno de los departamentos. El departamento de español en Illinois aceptó representantes en todos los comités, con una excepción: el encargado de los sueldos de los profesores. Fue entonces también cuando comenzó el movimiento chicano y tuvimos varias reuniones en Illinois; invitábamos gente de Chicago para que viniera a hablar, y fue allí donde yo primero leí un trabajo sobre la literatura chicana, en 1968.

¿Recuerda el tema?

Todavía tengo ese trabajo, que no he publicado. Me acuerdo muy bien que era un resumen, más o menos, de la literatura chicana, en el cual hablaba de los poetas más conocidos entonces, como José Montoya, Alurista y Ricardo Sánchez; esos tres eran los más destacados. Me acuerdo muy bien de esos nombres, de los cuales hablé. Y fue

63

entonces también, acá, en 1969, cuando comenzó verdaderamente la estructura de un programa universitario con el plan de Santa Bárbara. Aquí en Santa Bárbara, en 1969, se estableció el primer departamento y el Centro; eso no nos llegó a Illinois; pero ya comenzaban los estudiantes a interesarse en la literatura chicana, y uno de los primeros fue un joven que quiso escribir una tesis doctoral sobre el cuento chicano. Sin embargo, no la terminó conmigo, la terminó con otro profesor; y ha seguido escribiendo sobre literatura chicana.

Dirigí yo como a seis u ocho estudiantes chicanos, entre ellos a Guillermo Rojas, ahora en Minnesota, Víctor Baptiste, David Hernández, Richard Valdés y otros; además, estaba allí Rolando Hinojosa estudiando para el doctorado. Así recuerda aquellos años en una presentación que se publicó en 1988 en *Luis Leal: A Bibliography*, que ese año editaron Salvador Güereña y Raquel Quiroz González. Allí aparecen estos párrafos:

> We coincide, he and I, in this regard for I too won my terminal degree in my forties; I earned mine at the University of Illinois where our twenty-one-year-old friendship began in the fall of 1963. Needless to say, perhaps, but important that I do so, Luis's encouragement, example, and down-to-earth advice made those five years at Urbana a joy for my wife and me.
>
> In those five years he listened patiently to my stories about South Texas, Nuevo Santander, and Northern Mexico, his native region, all of which form a part of what Luis's friend, Américo Paredes, calls Greater Mexico.
>
> And what brought me to Illinois was Luis Leal as well as his reputation: some of you may know him as the authority on Mariano Azuela, another generation may identify him—as it should—as the authority on Juan Rulfo, but it also happens that his first of many national and international recognitions was his equally famous and lasting work on the short story. And so, to my good fortune at the advice of Ralph McWilliams, a mutual friend, I enrolled at Illinois, and this formed the basis of our friendship.

El verano del 71 enseñé en Middlebury y allí conocí a Alejandro Morales, que todavía no había publicado nada; había ido porque estaba escribiendo su tesis sobre literatura chicana en Rutgers University, y el director de literatura creo que era Frank Dauster, quien llevó a Alejandro como asistente para enseñar.

Bueno, como ya le dije en otra conversación, en 1970 me pidió la editorial Houghton Mifflin que preparara una segunda edición de mi libro *México: civilizaciones y culturas* y que añadiera un capítulo sobre la cultura chicana. Eso fue lo primero que publiqué, en 1971, sobre esa literatura, sobre la cultura, pues hablo del movimiento de Chávez. Es nada más un capítulo, comenzando en 1848, con el tratado de Guadalupe Hidalgo; es un resumen de la historia del pueblo chicano, con fotografías de Chávez y otros. Luego, el 71 o 72, no me acuerdo exactamente, hubo una reunión en Detroit, Michigan, del Midwest MLA, y allí se organizó una sesión sobre literatura chicana. Uno de los ponentes era Luis Dávila, de Indiana University, quien me pidió que contestara a su ponencia; las ponencias no se leían, se distribuían con anticipación al público y a mí me tocó contestar la de Luis Dávila. Desafortunadamente no la publicó, si no hubiera sido uno de los primeros estudios sobre teoría de la literatura chicana.

En 73 Dávila y Nicolás Kanellos, que enseñaba en la Indiana Universidad también, pero no en Bloomington, fundaron la *Revista Chicano-Riqueña*. Dávila me pidió que preparara un artículo para el primer número, y pensé en trazar la historia de la literatura chicana, no arrancando del 48, sino desde la colonia; fue el primer artículo que publiqué, además del capítulo del libro; el artículo todavía se cita, porque es allí donde por primera vez se traza una cronología, señalando las principales etapas, esto es, desde la colonia hasta 1821, el período mexicano hasta el 48, del 48 hasta la Revolución Mexicana y las grandes inmigraciones, del 10 hasta la Segunda Guerra Mundial, 1942, la época que va del 42 hasta el 65, cuando comienza el Teatro Campesino, y en fin del 65 hasta el presente. Todavía se repite esa cronología.

Durante esa época yo estaba en Illinois y no tenía muchos materiales. Cuando vine aquí, en 76, Joseph Sommers y Tomás Ybarra-Frausto iban a publicar una colección de artículos críticos sobre la literatura chicana y Sommers me pidió permiso para reproducir ese artículo, que se llama "Mexican American Literature: A Historical Perspective". Le dije: "Bueno, pero tengo que ponerlo al día porque ahora sé mucho más, aquí hay más materiales". Entonces lo puse al día, añadí nombres y tendencias, más sobre el teatro, del cual no hablaba mucho . . .

¿Entonces ya antes de venir aquí a Santa Bárbara, mediados de la década de los 70, su interés y trabajo en la literatura chicana eran ya casi comparables a los de la literatura mexicana?

No, no [risa], porque lo mexicano yo tenía muchos años de estarlo trabajando, desde los 40.

Me refiero a su preocupación, vital, humanamente, por lo chicano.

Eso sí, hay un paralelismo en mi interés en lo mexicano durante esas épocas tempranas, y luego mi interés en lo chicano a partir de los 60. Algunos críticos en México creen que abandoné lo mexicano, y cuando voy me dicen, "Ah, abandonaste la crítica mexicana". "No—les digo—, no la he abandonado, lo que pasa es que me he dedicado también a la literatura chicana". Ahora [risa], cuando hay algo en México sobre lo chicano siempre me invitan; eso es natural, porque he dividido mi tiempo entre lo mexicano y lo chicano; lo hispanoamericano también, pero no tanto como antes, cuando le dedicaba bastante tiempo. Desde que llegué aquí he enseñado varias clases sobre literatura hispanoamericana; y en Stanford también, estuve enseñando dos años (1991-1993) literatura hispanoamericana, chicana y mexicana. No es que haya abandonado la literatura mexicana, pero sí es cierto que he dividido mi tiempo entre las tres, dándole preferencia a lo chicano, lo mexicano, y lo hispanoamericano, en ese orden.

Esto nos lleva a la cuestión, tan en boga hoy, de las literaturas nacionales y su revisión crítica. ¿Cómo plantea usted el tema de la literatura nacional?

Tengo un artículo que en 1990 publicó en México la Secretaría de Relaciones Exteriores; cuando le dieron el Águila Azteca a César Chávez, a Américo Paredes y a

Julián Samora, leí ese artículo en el Convento de Tlatelolco, que es ahora la biblioteca de la secretaría. En ese estudio presento el tema de las literaturas nacionales, regionales, y universales; hablo del problema de las dos tendencias, de los críticos que dicen que las literaturas universales no existen, que toda literatura es regional, y de los que dicen que la literatura toda es universal. Ahora bien, ¿cómo clasificar la literatura chicana? Primero presento las dos perspectivas, y cito a Paz, que dice que las literaturas nacionales no existen, que existe el cuento, la novela, el vanguardismo, el realismo; que la literatura guatemalteca no podemos definirla, que es un término geográfico. En cambio, otros dicen que no puede existir una literatura universal, que toda literatura universal tiene un origen regional, que de ahí pasa a ser universal cuando es aceptada en otros países. Pero Paz también dice que si no hay literaturas nacionales, sí hay esferas lingüísticas, que existe el mundo de la literatura inglesa, el mundo de la lengua española, etcétera. México, dice, pertenece a la esfera de las literaturas en lengua española. Si la literatura chicana se escribe en inglés y en español, ¿a cuál de las dos esferas pertenece, a la inglesa o a la española? Si comparte de las dos, entonces eso es lo que la define, lo que la distingue de otras literaturas. No hay obra chicana que no contenga palabras, frases, nombres, en español. Eso es lo que le da originalidad, precisamente esa participación en los dos mundos, en las dos esferas, las de las literaturas en inglés y en español. Preparo ahora un estudio que voy a leer en Ciudad Juárez que trata precisamente de ese tema, la presencia del español en la literatura chicana.

Siguiendo con esta distinción, ¿qué implicaciones tiene eso en su estimativa?

En primer lugar, el problema que siempre se presenta es éste: ¿A qué esfera pertenece la literatura chicana? ¿Es parte de la literatura norteamericana, o no? Si una obra, ya sea novela, cuento, o drama, está escrita en español, no se le acepta como perteneciente a la literatura norteamericana, aunque algunos dicen que debe de ser aceptada. Pero nadie las menciona, porque los críticos o reseñadores no conocen la lengua y no las leen a no ser que se traduzcan. Los críticos de la literatura norteamericana no van a incluir en la historia de la novela norteamericana una obra como *Peregrinos de Aztlán* de Miguel Méndez que está escrita en español; no incluyen las obras regionales que están escritas en inglés, menos las que están en español. Esa actitud crea un gran problema, y lo que yo decía, ya en 73, es que la literatura chicana es una literatura autónoma; que no pertenece ni a México ni a Estados Unidos, que tiene su autonomía. No podemos decir que es regional, porque tendríamos que decir que existe una literatura chicana de California, otra de Texas, de Nuevo México, de Arizona . . .

Pero sí nacional, ¿dentro de . . .

Tampoco, Víctor, porque no pertenece, no se le incluye dentro de la historia de la literatura de la nación. Aunque últimamente ya comienzan a incluir a autores chicanos en las antologías. Para publicar una de las últimas antologías de la literatura de los Estados Unidos, la de Heath, los editores acudieron a Raymond Paredes y a Juan Bruce-Novoa para que sugirieran autores, y por lo tanto aparecen ahí algunos cuantos escritores chicanos.

Más bien los que escriben en inglés ¿o no establecen diferencias?

Tienen que estar en inglés. Tino Villanueva, poeta chicano, publicó una antología de literatura chicana en México, en el Fondo de Cultura Económico. ¿A quién incluye?, pues a los que escriben en español. La última tendencia es la representada por los críticos franceses; se acaba de publicar una antología de la poesía chicana en Burdeos, que incluye poemas en español y en inglés. Si la poesía fue escrita en inglés, la reproducen en inglés; si en español, la poesía aparece en español, pero todas con una traducción al francés. Así usted puede leer cualquiera de las tres lenguas; pero ese reconocimiento es muy reciente, y es desde la perspectiva europea, no de la perspectiva norteamericana.

Ahora, la literatura chicana que se escribe en inglés, ¿cómo la relaciona con la mexicana y la hispanoamericana, si se relaciona?

Sin duda, algunos escritores chicanos dicen: "Yo no tengo nada que ver con México, yo nací acá en Nuevo México, nunca he estado en México, no tengo nada que ver con ese país". Pero inconscientemente, no pueden evitar que el trasfondo cultural mexicano reaparezca en sus obras, y reaparece de varios modos; reaparece en la lengua, en los nombres, en el mito, en la mitología prehispánica, no europea, sino prehispánica; aparece en la psicología de los personajes, y de muchas maneras. Hasta hoy, que yo sepa, no hay libro chicano en inglés que no tenga un trasfondo cultural mexicano.

Si usted tuviera que hacer una visión global de la literatura mexicana, desde los tiempos prehispánicos hasta el presente, ¿incluiría escritores chicanos en inglés, también?

Sí, ciertos, no todos; por ejemplo, Sandra Cisneros, en su último libro, *Woman Hollering Creek,* tiene cuentos que se desarrollan en la Ciudad de México, en Tepeyac; tiene cuentos sobre cultura mexicana, los retablos; todos esos cuentos encajan muy bien en una historia de la literatura mexicana. Ahora bien, si es una antología, depende de quién la va a leer; si es para México tiene usted que traducirlos, no va usted a ponerlos en inglés; y si lo hace, entonces pierde en la traducción.

Supongo que en el futuro, cuando más gente lea en inglés, entonces . . .

Entonces sí; no sólo eso, la Cambridge University Press debe publicar, tal vez ya se publicó, porque hace tiempo que están preparándola, una historia de la literatura hispanoamericana, para la cual me pidieran que escribiera un artículo sobre la literatura chicana, que inicio diciendo, "¿Cómo podemos justificar la presencia de un estudio sobre la literatura chicana en una historia de la literatura hispanoamericana?" En primer lugar, hasta el 48 no hay problema, porque la literatura de lo que hoy es el suroeste de los Estados Unidos pertenece no sólo a México, sino al mundo hispano; pero de allí en adelante sí se presenta un problema, porque los que escriben en inglés ya no, casi no, pertenecen a la literatura hispanoamericana. Sería muy difícil decir que un escritor, vamos a suponer, como Richard Rodríguez, pertenece a la literatura argentina *[risa],* o a la historia de la literatura cubana; sería muy difícil justificarlo. Y hay otro problema. John Rechy, por ejemplo, que no tiene nada sobre México (excepto un cuento sobre El Paso—él es de El Paso), sobre la cultura mexicana y chicana, no podemos decir que pertenece a la historia de la literatura mexicana; en cambio, Carlos Castaneda (así, con *n*) se podría incluir por el tema de sus obras, que se desarrollan en México, como incluyen a B. Traven. Otro problema: hay novelas, por ejemplo, las de Méndez, que son indigenistas y que pueden pertenecer a la corriente de la novela indigenista mexicana. No voy a negarlo. Todos estos problemas, por supuesto, se evitarían si aceptáramos la idea de que la literatura es universal, que no hay literaturas nacionales o regionales. Pero entonces tal vez nadie las estudiaría.

Todo esto es muy complejo, heterogéneo, diverso, realmente; está dentro de esa línea en que vamos hacia el futuro, de romper las barreras, reescribir las diferencias, abolir las fronteras . . .

Depende de los críticos, Víctor; mire, hay algunos críticos que sin conocer la literatura mexicana hacen estudios de la literatura chicana del siglo XIX, y muchas veces no saben si un escritor, cuyas poesías o cuentos aparecen en un periódico, o en una revista publicados en California o en Texas, es chicano o no es chicano. Es muy difícil identificarlo, a no ser que usted conozca muy bien la literatura mexicana. Hay muchos mexicanos que venían a los Estados Unidos y escribían acá, y a ésos es más fácil identificarlos.

En otras conversaciones que hemos tenido, en su definición más amplia entre chicano y mexicano, mexicano y chicano no hay una gran diferencia, en el sentido más amplio es lo mismo, dentro de ciertas diversidades . . .

Sí, pero el chicano tiene que tener conocimiento de la cultura norteamericana. Un mexicano que nunca haya venido a los Estados Unidos *[risa]* no puede decir que es chicano, ¿verdad? Pero si viene acá, y se pone al tanto, aprende el inglés, entonces sí puede ser considerado como chicano . . .

Usted dice que el chicano es mexicano y chicano, pero que el mexicano es sólo mexicano . . .

Sí, eso es, pero hay muchos chicanos que no hablan español, que nunca han estado en México, pero que, aunque sus padres o sus abuelos hayan venido de México, son chicanos, no se identifican como mexicanos. Vemos en la televisión muchas personas con nombres como García, Rodríguez, Martínez, y no parecen chicanos, y a lo mejor no son, a lo mejor son de ascendencia guatemalteca, centroamericana, o cubana, española, no se sabe. Pero para ser chicano tiene usted que tener un fondo cultural mexicano.

Sí, muy bien [risas] *. . . Ya dijimos que su obra y concepción crítica en los años 50 y 60 se separaba un poco de los criterios imperantes; la crítica filológica, el hispanismo tradicional, la estilística, etc., usted ya traía otras inquietudes filosóficas, culturales. El encuentro con la literatura chicana, el trabajar con la literatura chicana, ¿de qué manera cambia o profundiza su concepción de la crítica literaria?*

Bueno, el cambio no fue radical porque mi crítica anterior al 70 ya es una crítica de la obra en su contexto social. Por ejemplo, tengo un artículo sobre el cuento mexicano de protesta social en el que hago un estudio de todos los cuentistas que, ya antes de la revolución, comenzaban a protestar; un estudio sobre la novela de la Revolución Mexicana; otro, que es el único, sobre el cuento de la Revolución Mexicana; y la antología del cuento de la revolución; y otro sobre la literatura mexicana como espejo de la sociedad.

Claro eso haría muy difícil hacer un estudio sólo formalista sobre esta literatura.

En el 68 ya hablo de las novelas de Tlatelolco (no, no en el 68, más tarde, porque el 68 es cuando sucede). En una conferencia que se publicó primero en el *Denver Quarterly,* ya trato de relacionar la novela con los acontecimientos; cuando paso a la literatura chicana, naturalmente, si hablo del Teatro Campesino, pues tengo que hablar de Chávez y del movimiento, y de la huelga; no se puede estudiar el Teatro Campesino sin relacionarlo con esos eventos sociales. Ahora, cuando leemos en la clase algunos de los actos de Luis Valdez, ya vemos allí no solamente esa huelga, sino el uso de la cultura mexicana para atraer al campesino. Y hay actos como "La conquista de México", en el que Valdez se apropia la historia de la conquista de los aztecas por Cortés, que compara con las relaciones entre el campesino y el patrón. Les dice, "¿Por qué conquistó Cortés a los aztecas?, porque no estaban unidos. Ustedes únanse para que puedan avanzar, para que no haya otra conquista". Ya vemos allí el uso de lo mexicano en un contexto social.

Creo que ya le pregunté esto, pero aquí va otra vez: el hecho de ser mexicano aquí, eso le hizo estar más apegado, defender y difundir la cultura mexicana, ¿verdad?, que es su herencia que trae. Entonces, ¿cree que eso le evitó algo la entrada en la crítica puramente filológica, la estilística y luego el estructuralismo? ¿O hay otras razones por las que usted no cayó como tantos otros críticos en esa época en la moda del estructuralismo, por ejemplo?

Bueno, no se olvide, Víctor, de que cuando yo comencé a estudiar, el estructuralismo todavía no existía; lo que había, sobre todo en la Universidad de Chicago, era la explicación de textos, de influencia francesa, y luego el "New Criticism". Pero fíjese usted, con todos esos cambios llega usted a comprender que el método es temporal; los métodos cambian; entonces usted dice, "Bueno yo no puedo identificarme con este método porque en diez años ya no va a existir". Entonces usted tiene que pensar en algo personal, y mi intención siempre ha sido ver si es posible, aunque es muy difícil, usar una metodología que represente lo mexicano o lo chicano o lo hispanoamericano; pero es imposible porque la influencia de la metodología europea es muy fuerte. Y luego, ¿cuáles son las características de la literatura hispanoamericana? En mi libro *Breve historia de la literatura hispanoamericana* le doy siempre preferencia a aquellas características que distinguen a la obra como argentina, peruana o mexicana, etc.

Y también de ahí siempre su devoción a críticos como Henríquez Ureña, Alfonso Reyes . . .

O como mi profesor en Northwestern, Roberto Brenes Mesén y su libro sobre una crítica americana, en el que ya trata de formular una crítica aplicable a nuestra literatura, porque, como usted sabe, si usted dice, "el naturalismo . . .", si usted va a estudiar el naturalismo, es muy difícil en Hispanoamérica, porque es imposible separarlo del romanticismo, es casi imposible; porque estamos aplicando terminología que se aplica a un movimiento europeo, por ejemplo en Francia el naturalismo, y luego pasamos acá, y queremos aplicarlo al desarrollo de la literatura hispanoamericana, y no funciona.

Entonces ha tratado usted de buscar lo específico, si es posible, quizá eso explica el entusiasmo que tuvo en usted el descubrir el realismo mágico, el trabajar con el realismo mágico, porque usted había encontrando finalmente un tema . . .

Exactamente, yo creo que tiene usted razón, Víctor, porque ya tenemos aquí algo que puede usted trabajar con obras hispanoamericanas sin necesidad de recurrir a una metodología europea, francesa, sobre todo, porque los franceses son precisamente los que predominan. Tal vez tenga usted razón en eso. Y luego, me interesa lo histórico; el relacionar la literatura con la historia y lo cultural en general. Pero eso ya desde mi tesis doctoral: las crónicas, lo histórico, y lo literario, ya una visión histórica de lo literario.

Eso, ¿a qué lo atribuye usted? ¿un poco a los tiempos también? A los años 30 y 40, en que empieza la crítica literaria histórica, los movimientos sociales, la historia era tan importante en aquellos años . . .

La historia era, para mí, muy importante: la Revolución Mexicana, la guerra . . . Y ahora con el "nuevo historicismo" ese interés se impone otra vez.

Volviendo al tema de la literatura chicana, hay esa continuidad, con su crítica, de lo histórico-cultural, pero ¿qué otras perspectivas le ha abierto a usted la crítica chicana?

El estudio de la literatura popular, porque la literatura chicana, sobre todo en el siglo XIX, es una literatura popular: por lo tanto es necesario estudiar el corrido, por ejemplo, sobre el cual yo ya había hecho algunos estudios; pero no fue hasta que vine a California cuando me interesé en la literatura popular, como el corrido chicano, las pastorelas, los cuentos populares y en verdad todos los aspectos de la cultura del pueblo. Porque no se puede estudiar la literatura chicana sin la literatura oral, cuya influencia es muy importante. Antes de venir a California había publicado varios artículos sobre cultura popular mexicana, pero eran trabajos independientes sobre temas que había descubierto. Por ejemplo, mi interés en el Siglo de Oro me llevó a las comedias de Cervantes, entre las cuales descubrí una, *El rufián dichoso*, que se desarrolla, la primera parte, cerca de Sevilla, y la segunda en México; y allí descubrí un corrido, sobre el cual escribí un artículo que me publicó el maestro Vicente Mendoza, el famoso folklorista mexicano, en la *Revista de la Universidad de México*. Luego, leyendo unas composiciones españolas, me pareció que eran semejantes a "La cucaracha"; me puse a estudiar el tema y descubrí que "La cucaracha" tiene sus orígenes en el siglo XVIII en España; una canción de esa época es casi idéntica *[risa]*.

Otro ejemplo es el de los orígenes del corrido de Joaquín Murrieta, cuya vida estoy ahora estudiando. Leyendo un libro sobre el corrido en Zacatecas descubrí que los orígenes de ese corrido se encuentran en aquel estado mexicano. Esa nueva perspectiva, que no es totalmente nueva, pues ya había hecho trabajos en esa dirección, me llevó a estudiar la literatura popular chicana del siglo pasado, sobre todo en los periódicos, en los cuales he encontrado corridos, cuentos, teatro, sí, todo. Y eso me lleva a estudiar a los primeros críticos chicanos, como Aurelio Espinosa y Arthur Campa, ese grupo de críticos que ya desde 1915 o antes comenzaban a recoger materiales folklóricos y publicarlos en las revistas. Espinosa recoge los romances tradicionales de California, por ejemplo, aunque sin estudiarlos a fondo; es más bien un coleccionista, no un crítico literario; se interesaba más en el aspecto lingüístico; escribió un libro titulado *El español de Nuevo México.*

Entonces usted ha actualizado a estos dos críticos; ha aprendido de ellos, rescatando algunas de sus dimensiones etnográficas.

Sí, y tratando de ver cuáles son corridos originales de Nuevo México, de California, o de Texas, que es muy difícil *[risa],* es casi imposible a veces, pero yo tal vez trato problemas que casi no tienen solución.

Entonces algo que ya había hecho con la literatura hispanoamericana y mexicana lo aplica también a lo chicano: descubrir unos antecedentes, unos críticos casi olvidados, unos conceptos propios, valoración de la cultura popular, acercamiento etnográfico. ¿Qué otras aportaciones a la crítica actual vienen de la cultura y la literatura chicana, ahora que las llamadas minorías ejercen su influencia en la crítica central?

Bueno, el concepto de minorías y, sobre todo ahora, con las últimas tendencias, que tratan de englobar a todos los latinos, ¿verdad? La transición de los chicanos y de los puertorriqueños a latinos es una tendencia muy reciente; todavía no vemos el futuro, no sabemos lo que va a pasar. ¿Cuál es el futuro de la crítica latina?, me preguntaban la semana pasada, en Chico State University. Miren, les dije, es imposible . . .

[Una llamada de teléfono que se repite, como por una avería, deja la contestación en suspenso. Como si nos llamara la voz del futuro, en blanco, la cinta registra el timbre del teléfono, pero nada más y así se nos acaba el tape y la conversación de este apartado.]

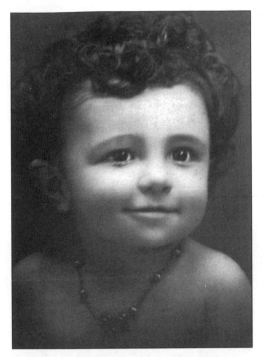

Luis Leal at age 2.

Luis Leal in 1935.

Don Luis with MacArthur's forces in the Philippines, 1944.

Don Luis with his wife, Gladys, and sons (from left) Luis Alonso and Antonio, 1947.

On the publication of his book on
Amado Nervo.

Luis Leal, National Association for
Chicano Studies scholar, 1988.

With Juan Rulfo (second from left) and Homero Aridjis (at right).

With Tomás Rivera (from right), Fernando de Necochea, Francisco Lomelí, and Eliud Martínez.

With Alejandro Morales.

Con dos estudiantes chicanos en la Colección Tloque Nahuaque, UCSB.

Con Octavio Paz.

Lecturing at UCSB.

Con Carlos Fuentes.

Con Víctor Fuentes, María Herrera-Sobek y Denise Segura, Nov. 1997.

Con Rolando Hinojosa, Nov. 1997.

Con Víctor Fuentes.

Con María Herrera-Sobek, Norma Cantú y Francisco Lomelí, Nov. 1997.

Con Antonio Azuela, hijo de Mariano Azuela, autor de Los de abajo.

With President and Mrs. Clinton upon receiving the National Humanities Medal, 1997.

*En Las Delicias,
Goleta, California.*

*Luis Leal honored with
the Aztec Eagle,
Mexico City, 1991.*

10

CULTURA, LITERATURA Y CRÍTICA CHICANA: CARA AL FUTURO

Hablábamos el otro día sobre qué significa y qué aportará este nuevo fenómeno de la literatura chicana y puertorriqueña fundiéndose en el concepto más abarcador de lo latino. Usted decía que se puede hablar de lo que había sido la literatura chicana, pero que es muy difícil hablar de lo que será el futuro, de las tendencias futuras.

A ver si no nos repitimos, Víctor, pero el futuro, como dije, es casi imposible fijarlo, porque no sabemos las fuerzas que van a aparecer. En 1980, nadie pensaba que la mujer chicana iba a contribuir mucho más que el hombre. Por ejemplo, nadie pensaba que aparecerían obras como las de Ana Castillo, Sandra Cisneros, Denise Chávez y otras mujeres que hace apenas quince años nadie las conocía. Así es que, como le digo, no podemos decir lo que va a pasar. Lo único que, tentativamente, podría decir son dos cosas: que predominará el uso del inglés, por varias razones; los más jóvenes escritores se han formado en la tradición literaria angloamericana y casi no escriben en español. Es cierto que las casas editoriales del *mainstream* han comenzado a publicar—como resultado del gran éxito editorial de *Como agua para chocolate* de Laura Esquivel—obras en español; los nuevos escritores chicanos, sin embargo, no han sido incluidos en ese renacimiento del español. Algunas casas editoriales, como Bilingual Press, por ejemplo, sí los acogen; pero su número ha disminuido desde los 70, cuando el español era el idioma de los principales autores chicanos. Además, los escritores tienden ahora a escribir para un público más amplio, y como ya hay muchos chicanos que no leen español, los escritores escriben en inglés para esos jóvenes de las nuevas generaciones. Y aún, usted sabe muy bien, aquí en el departamento, uno tiene que hablar en inglés, porque muchos de los jóvenes que vienen a estudiar ya no hablan español, o no lo leen. Además, muchos de los críticos están en los departamentos de inglés, y para ellos lo que está escrito en español no lo consideran.

¿Cómo valora usted eso, tiene aspectos positivos o negativos?

Depende, Víctor, de cómo se vean las cosas; si las inmigraciones continúan en grandes cantidades, como está ocurriendo, puede haber otra vez un resurgimiento de la literatura chicana en español que tendrá un aspecto positivo para nosotros, pero tal vez negativo para otros; pueden establecerse casas editoriales, pero, como digo, es muy difícil predecir lo que va a pasar. Ya sabemos que hay varios periódicos importantes, grandes y pequeños, en casi todas partes; por ejemplo, en Los Ángeles, el *Times* publicó por una breve temporada un suplemento en español dirigido por Sergio Muñoz. Hay otros que han sido apoyados por grandes consorcios periodísticos. Si usted se pone a publicar un periódico en español, pagándolo con sus propios fondos, fracasa, porque carece de los medios de información necesarios para poder dar las noticias.

Con la excepción de La Opinión.

Sí, *La Opinión*, pero no se olvide que el cincuenta por ciento pertenece también al *New York Times*. Para poder sobrevivir, los pequeños periódicos tienen que repartirse gratis, pues nadie se suscribe. Además, tienen que competir con los suplementos de los grandes diarios; por ejemplo, el que se publicaba aquí en Santa Bárbara y ahora en Oxnard, *El Nuevo Tiempo*, que se reparte gratis, subsiste con los anuncios. Lo mismo pasa con las revistas; es casi imposible editar una revista en español. La única que había, *La palabra*, de Justo Alarcón, dejó de publicarse porque no tenía apoyo financiero.

El segundo factor, que usted ya ha mencionado, es la presencia de grandes números de hispanoparlantes que vienen de otros países, sobre todo de Centro América y del norte de Suramérica, no tanto del Cono Sur, sino del norte: los colombianos, sobre todo, y muchos cubanos. Y esa aportación sin duda ya empieza a tener influencia en la tendencia que va a surgir en la literatura chicana, que va a tener que unirse y presentar una visión más amplia de los latinos. Ya el término "latino", muy frecuente, y sobre todo en San Francisco y los Ángeles, está borrando las nacionalidades; en el barrio de la Misión, en San Francisco, donde hay muchos latinos, no se sabe si la persona es un chicano o guatemalteco, o salvadoreño; se ha creado una identidad mucho más amplia. Y luego, por ejemplo, la editorial Arte Público de Houston, dirigida por Nicolás Kanellos, para poder obtener un *grant* del Rockefeller Foundation para hacer un estudio de las literaturas hispanas en los Estados Unidos, fue necesario incluir a todas esas literaturas, no solamente a la chicana, o puertorriqueña, o cubana. Ya allí comienza uno a ver no sólo la historia de la literatura chicana, sino la historia de todo lo hispano en Estados Unidos. A mí me pidieron que presentara un trabajo en una de las conferencias que hubo en Houston, para lo cual tuve que tomar en cuenta la historia de todas esas literaturas, no solamente la chicana. ¿Cuándo se inicia, cómo se inicia, por ejemplo, la historia de los hispanos en Estados Unidos? No sólo los chicanos, porque eso está muy claro, desde 1848, pero tenemos que ir a Cuba, tenemos que ir a los establecimientos en la Florida, Nueva York, para ver esas otras tendencias, y ya es otro asunto muy distinto, Víctor, en que ya ve uno el problema de la historia de los hispanos en Estados Unidos no como unidades aisladas, sino como una totalidad. Hasta cierto punto, esto ha ocurrido también con los chicanos; antes no había una literatura chicana; había una californiana, o texana, pero ahora ya no. Los conceptos están ampliándose y con la introducción del término "latino", yo creo que en el futuro ya no vamos a preguntarnos de dónde es el escritor, o cuál es su fondo cultural, de qué país viene . . .

Bueno, eso está dentro de la tendencia de nuestra época, lo de la pluralidad de las culturas, la interrelación o fusión entre lo local y lo global. El agruparse en grandes familias culturales o lingüísticas. Lo hispano, aquí, cobra una nueva dimensión, no es, como creen algunos de los militantes nacionalistas chicanos, una derivación de lo español, sino una de esas grandes agrupaciones culturales, de base lingüística, ¿no lo ve usted así?

No hay duda de que el nacionalismo chicano de los 60, 70, ya ha sido superado. Víctor, yo creo que ya nadie piensa en un nacionalismo al estilo de Alurista, al estilo de los primeros activistas chicanos, que casi querían independizarse.

Quizá eso ha quedado rebasado.

Sí, y también a la flexibilidad de la cultura mayoritaria que trata de integrar a estos grupos. Eso ha sido siempre la tendencia en Estados Unidos. Claro, el problema con los hispanos es que continúan llegando en grandes cantidades. De Europa se suspendió la inmigración, pero de Hispanoamérica no, continúan llegando, y llegando, y llegando.

Entonces el español que a nivel nacional en Estados Unidos sigue creciendo . . .

No hay duda, Víctor.

Es imparable, pero hay esa contradicción con los escritores chicanos y latinos que escriben más y más en inglés.

No, no veo contradicción, primero, porque estos nuevos inmigrantes no leen esa literatura, aunque se escriba en español, y los que la producen ya no dominan el español. Se dan esas dos anomalías. Ahora, dentro de esos nuevos inmigrantes van a surgir nuevos escritores que escriban en español, de eso no hay duda.

Y entonces el desarrollo de la cultura chicana, mexicana, en los Estados Unidos, ¿usted ve que va a haber dos caminos o dos vertientes, uno en inglés y otro en español?

Bueno, por lo pronto, sí, por lo pronto. Eso me hace pensar en los exploradores que descubrieron el río Orinoco donde había dos corrientes que van separadas, pero luego se unen *[risa]*. Es como dos afluentes que se unen, van por un trecho separados, y luego se unen. Eso va a pasar. El gran problema es ¿cuándo va a suspenderse esa inmigración de México, por ejemplo, de donde vienen grandes cantidades de personas?

Pero aunque se parara la emigración, ¿usted cree que el lenguaje, el español, se iba a detener también?

No, yo creo que no, porque con los medios de comunicación hoy podemos recibir las noticias de cualquier parte del mundo en español, si queremos. Hay periódicos en español, hay programas de radio, hay cientos de estaciones de radio en español en las cuales usted puede escuchar las noticias de cualquier parte. A mí me parece imposible que eso se detenga, y más y más, usted sabe bien como ya casi todo, especialmente en California, está en español e inglés; es ya una lengua que tiene casi la misma importancia que el inglés.

Y confluyen también, aunque no como los ríos, el español y el inglés también . . .

Algunos lingüistas creían que se iba a formar una nueva lengua chicana; una mezcla de español e inglés, pero no ha sucedido, eso no ha sucedido. Se encuentra en la poesía y la literatura de los 60 y 70, pero casi ha desaparecido.

Pero continuará esa mutua influencia y contaminación entre los dos idiomas.

Sí, sin duda, la influencia del uno sobre el otro, no hay duda, yo creo que de eso no hay duda, a pesar de estas leyes de "English as the official language". A pesar de eso, por ejemplo, en California, desde que se pasó esa ley se habla más el español y se usa más el español hoy que hace diez años.

Volviendo al tema del hispanismo y los departamentos de español en este país, ¿han sabido responder a las nuevas condiciones, han sabido renovarse con estas caudalosas aguas—para seguir con la imagen del río—que supone el gran crecimiento de hispanoparlantes en Estados Unidos?

No, yo creo que no, Víctor, no han respondido en una medida que corresponda a los cambios; sí hay algunas concesiones en algunas universidades, pero, por lo general este contingente hispano no ha sido aceptado por las universidades, casi siempre . . .

¿A qué cree usted que se deba?

No sé, yo creo que se debe a la fuerte tradición hispana elitista, ¿verdad?, que tiene usted que leer y escribir, dentro del purismo, y si no habla usted la lengua perfectamente, lo rechazan. Y hay casos, yo sé de casos que no quiero mencionar, de profesores que han sido rechazados, dicen, "Porque no hablan bien el español". Profesores de lo más alto, y dicen, "No habla bien el español", y los rechazan *[risa]*. El purismo lingüístico continúa en los departamentos, de eso no hay duda. No digo que sea malo o bueno, lo que digo es que no han sabido reaccionar, para integrar a los latinos. El resultado es que se han formado departamentos de estudios latinos, de estudios chicanos, puertorriqueños, y se han separado del español. Y eso ha debilitado a ambos. Y lo peor es que en los departamentos de Chicano Studies, predomina el inglés; hasta aquí, como usted sabe, querían quitar el requisito del español en los estudios chicanos. Hubo oposición de los mismos estudiantes, que querían estudiarlo. Y las clases para lo que llaman "español para hispanoparlantes" se han ofrecido afuera de los departamentos de español.

Bueno, entonces usted cree en el futuro del hispanismo en Estados Unidos, usted que ha vivido gran parte de su historia en este siglo, ¿cómo ve el futuro?

No, no va a desaparecer, Víctor [risas], pero lo único que podemos decir es que los departamentos de español no han crecido en relación a otros departamentos; por supuesto al español lo sostiene el hecho de que hay cientos, millones de hispanopar-lantes en el mundo, en Hispanoamérica y en España, eso es lo que lo sostiene y por eso ha superado al francés y al alemán, en otras palabras, porque hay más consumi-dores, todos quieren vender y para vender tienen que aprender el español. Y eso ha ocurrido desde el siglo XIX, cuando en los colegios se comenzó enseñando nada más que "Commercial Spanish"; no se enseñaba otra cosa. Y aun recientemente hay cursos en muchas universidades de "Commercial Spanish", o español para hablar con las sirvientas, ¿verdad? [risa]. El gran cambio que ocurrió fue durante la Segunda Guerra Mundial, con Roosevelt y su política del buen vecino; fue cuando Estados Unidos se dio cuenta de los valores culturales de Hispanoamérica. Ahí se inició el gran cambio y se comenzó a incluir en los departamentos las literaturas de esos países, sin rechazar lo español. Luego en los años 60 hubo un gran arranque en los estudios del español, pero fue por el valor de las obras, no por razones políticas o económicas, sino porque los valores literarios de estos autores no podían ya ser negados. Un Borges, no podía ser ya negado. Todos los departamentos de inglés comenzaron a leer a Borges. Sería una vergüenza que en los de español [risa] no se leyera; que para estudiar a Borges tuviera que ir usted al departamento de inglés.

Se aceptó lo hispanoamericano, lo reciente, pero no todo, no lo prehispánico o lo colonial; hasta últimamente las crónicas, pero no el siglo XIX. El modernismo se enseñaba, pero hoy casi nadie ofrece cursos sobre ese período, sobre los grandes poe-tas de la época, Darío y todos ellos, pues ya no se leen. Si alguien lee a Darío, eso ya . . . [risas].

Entonces esta tercera oleada o etapa es la que no . . .

La tercera etapa, la que todavía no la han asimilado los departamentos de español, es la presencia de las grandes cantidades de hispanos en Estados Unidos; ésa es la tercera. Acabo de recibir este anuncio . . .

[Despliega un cartelito.]

de esta chica que viene aquí al departamento de inglés; es una chicana que ha estudia-do a Rigoberta Menchú, y que viene al departamento de inglés, no al departamento de español o Chicano Studies, sino al de inglés. Ésa es la tendencia; aquí no, pero en otras partes los departamentos de inglés ya han recogido a estos críticos chicanos o hispanos. Y ésa va a ser otra lucha que los departamentos de español tendrán que librar, ahora con los departamentos de inglés [risa], para mantener su prestigio.

Esto nos lleva a otro tema de que hablábamos el otro día, esto es, que en su obra críti-ca usted ha ido en la dirección de lo que ahora la crítica del establecimiento acoge.

Bueno, tengo que volver un poquito a una época anterior, cuando estudiaba el cuento mexicano que, por primera vez, me remonté hasta lo prehispánico, porque si usted estudia la historia de la literatura hispanoamericana, usted se da cuenta de que antes, no puedo precisar la fecha, pero antes de los años 50, no se hablaba de las literaturas prehispánicas como parte de la literatura hispanoamericana. No existían. En las historias de la literatura mexicana de González Peña y de Jiménez Rueda no se habla de lo prehispano. En su historia de la literatura hispanoamericana Torres Ríoseco, por ejemplo, no habla de lo prehispánico. Comienza con la colonia, con el diario de Colón. Allí se inicia; pero en los años 50 mi preocupación, ya desde que yo escribía mi tesis, fue incorporar lo prehispánico a la historia de la literatura mexicana primero, y luego a la hispanoamericana; tengo un capítulo sobre las literaturas de Perú, en mi *Breve historia de la literatura hispanoamericana.*

Ése es un precedente para después cuando estudié la literatura chicana, revalorar la literatura popular. Otra tendencia fue mi preocupación por lo indígena; en lo popular hasta cierto punto, no tanto como con lo prehispánico. La tercera fue la influencia de lo que se podría llamar una crítica americana; no me refiero a los Estados Unidos, no; quiero decir una crítica hispanoamericana, en el sentido de no ser europea. Esa idea también me lleva a mis años de estudiante, cuando estudié con Brenes Mesén, de Costa Rica, autor del libro *Crítica americana.* Así comenzó mi preocupación por ver cuáles eran las posibilidades de crear una crítica independiente de lo europeo; no rechazar lo europeo, no, porque de todo aprendemos, Víctor *[risa];* no podemos rechazar nada, de todo aprendemos.

Mi tendencia ha sido abrir los ojos hacia otras críticas y aceptar lo que pueda integrar en mi crítica; no todo, sino lo que tenga valor para mi crítica. Eso no quiere decir que yo tenga un sistema, no, porque lo que yo hago es la crítica y no la teoría, sobre todo la crítica histórica. Me interesa ver los orígenes de lo americano en las literaturas hispanoamericanas y, luego, cuando viene lo chicano, entonces, ver también las influencias mexicanas que muchos rechazan, pues dicen, "Bueno, la literatura chicana no tiene nada que ver con la mexicana"; algún crítico ha dicho que yo me preocupo mucho por las influencias mexicanas en la literatura chicana. Pero yo no lo puedo evitar, porque si leo cualquier obra chicana, y como conozco la literatura y la cultura mexicanas, inmediatamente veo las influencias; no lo puedo evitar.

Esto nos lleva a ese otro aspecto de la teoría crítica y a cierto comentario que hizo usted de que a alguno de estos críticos chicanos de más renombre en la actualidad que se han formado en los departamentos de inglés y, de alguna manera, siguen modelos elaborados por la crítica posestructuralista norteamericana y europea, ¿qué ve de positivo en esto y, a la vez, qué hay de criticable en ello?, ya que parece que usted tiene ciertas reservas.

Sí, ciertas reservas; algunos críticos, sobre todo los que están en los departamentos de inglés, tienden a poner en práctica teorías europeas; no digo que esté mal; se trata de un problema teórico, ¿hasta qué punto es posible estudiar un escritor chicano aplicando teorías que se basan en literaturas europeas? Ése es el gran problema: ¿es posible tomar un crítico europeo, un teórico europeo, y aplicar sus teorías a una obra chicana?

En el libro de crítica de Manuel de Jesús Hernández, *El colonialismo interno en la narrativa chicana,* se aplica no una teoría literaria, sino político-social, que es la de la colonia interna; pero ya eso es una teoría que no es original del crítico; es una teoría tomada de la política y la sociología y aplicada a la literatura. Ahora bien, ¿hasta qué punto es válido eso? No digo que esté mal, porque leemos el libro de Hernández y vemos que tiene valor, en eso no hay duda, pero ¿hasta qué punto es válido enfocar una literatura desde esa perspectiva? Ramón Saldívar, en su libro sobre la narrativa chicana, *Chicano narrative: The Dialectics of Difference,* usa las teorías de los críticos europeos, los estructuralistas y los posestructuralistas; pero, al mismo tiempo, y me parece una confusión, presenta los orígenes de la literatura chicana como popular: los corridos, según la teoría de Américo Paredes. Hay un choque entre las dos teorías, ¿verdad? Otros críticos aplican teorías más amplias; por ejemplo, Guillermo Hernández hace un estudio de la sátira en la literatura chicana *(Chicano Satire),* trabajo más general. Es posible usar el término sátira, no ya solamente en el sentido europeo, sino universal; se puede decir que la sátira es universal, y que existe la sátira en la literatura chicana. Pero son estudios parciales, no son estudios totales. Hasta ahora no existe un estudio de la literatura chicana que podamos decir, éste es un estudio total, visto con una perspectiva que no sea europea.

De éstos, en su estimativa, ¿quiénes son los más destacados?

Bueno, ya mencioné a Ramón Saldívar; Bruce-Novoa usa la teoría del espacio en la literatura chicana; ya mencioné a los dos Hernández, con la teoría de la colonia interna, y la presencia de la sátira; también hay que mencionar al hermano de Ramón Saldívar, José David Saldívar, autor de un libro sobre la literatura chicana en el contexto de la literatura hispanoamericana *(The Dialectics of Our America),* en el cual aplica las ideas de Retamar sobre Calibán.

¿Y algún continuador suyo? Usted tiene impacto en todos ellos, ¿pero hay algún crítico al que se sienta más afín, que siga más lo que usted ha hecho?

No sé qué decirle, Víctor; no sé quién siga en la línea de una crítica de base americana. Angie Chabrán, en su estudio de la crítica chicana, me incluye en un grupo que llama "la escuela de Santa Bárbara", porque nos interesamos en lo histórico. Pero yo no podría decirle que fulano de tal sigue por mi camino. Hay toda una vertiente crítica todavía por desarrollar, con sus fuentes americanas. Podría mencionar a María Herrera-Sobek, interesada en la historia, lo popular y la crítica femenina. Su último libro *Northward Bound: The Mexican Immigrant Experience in Ballad and Song,* publicado en 1993, es una obra muy bien documentada en la cual encontramos un tratamiento exhaustivo del tema. Francisco Lomelí ha publicado varios diccionarios y tiene en prensa un estudio muy completo del poeta Miguel de Quintana, nuevomexicano del siglo XVIII; Nicolás Kanellos, investigador de la historia del teatro latino; a Genaro Padilla, estudioso de la autobiografía chicana, autor del libro *My Story, Not Yours;* a Clara Lomas, interesada en los periódicos, y a uno que otro más.

¿Y el desfase que usted indica entre una literatura chicana/latina en Estados Unidos que, aunque se acerque con métodos o teorías europeas, que pueden ser muy ricas, y que pueden servir para interpretar algunos aspectos, pero que no casa totalmente . . .

No, no se puede, Víctor; le voy a dar un ejemplo: si usted usa, y muchos lo han hecho, el método mitológico para analizar una obra chicana, y utiliza la mitología europea, hablando de los dioses europeos, su crítica va a resultar falsa. Lo más importante en la literatura chicana es la mitología azteca. Si usted quiere aplicar el método mitológico, tiene que usar los nombres de Quetzalcoatl y los dioses aztecas y no el de Júpiter, y todo el Olimpo europeo. Esa perspectiva es la que no se puede usar para sacarle todo el jugo a una obra literaria chicana.

Entonces, el consejo que daría a un joven estudioso, crítico de la literatura chicana . . .

Que estudie la historia y la mitología de México; eso es el primer consejo y, también, que esté al tanto de los otros métodos; y luego que estudie a los críticos, como Henríquez Ureña y Alfonso Reyes, esto es, la tradición crítica mexicana, para poder . . . , pero no van a seguir mi consejo *[risas];* luego, conocer la cultura del Suroeste, la presencia de los hispanos en el Suroeste de Estados Unidos, que es muy importante; tiene que estudiar lo español, la historia de España, porque no se puede estudiar el Suroeste sin estudiar . . . , no se puede separar. Si usted quiere estudiar una novela picaresca chicana, no puede estudiarla sin saber la historia de la picaresca española, es imposible; no puede decir: "Aquí hay algo único". En Stanford había una estudiante española que quería estudiar los elementos picarescos en la narrativa de Hinojosa y le dije, "Bueno, pero tiene usted que estudiar los elementos de la picaresca española, primero, y luego la picaresca hispanoamericana, también, porque en Hinojosa hay mucha influencia de los escritores hispanoamericanos".

En este aspecto de la globalización de la cultura, aun esos críticos europeos, un Derrida y otros, no serían tan europeos y quizá también la narrativa latinoamericana del Boom, escritores como Fuentes y García Márquez, Sarduy, ha influido en algunos de los conceptos que maneja hoy la teoría crítica.

Sin duda, Víctor; yo no me refiero a eso, yo me refiero a que no se pueden aplicar las teorías del naturalismo europeo al naturalismo chicano o al mexicano; eso es a lo que yo me refiero; no podemos ver la literatura hispanoamericana o chicana con paráme-tros europeos. Si usted va a estudiar aun el vanguardismo, hay diferencias entre el vanguard-ismo hispanoamericano y el vanguardismo europeo; no es lo mismo; o el rea-lismo o el barroco. Con el realismo mágico entonces sí ya no se pueden aplicar teorías europeas, aunque ya se ha publicado un estudio sobre el realismo mágico en el cine norteamericano

Eso es lo que decía yo, más o menos, la idea de la influencia, hoy en día, adquiere otro sentido; se está globalizando mucho la intertextualidad; muchos de los conceptos que manejan en los departamentos de inglés salen de la experiencia de las literaturas lla-madas de las minorías o de la hispanoamericana.

Eso es ya la posmodernidad, Víctor, que ya el centro no existe *[risa]*. Londres, París y Nueva York, ya no son el centro. Las ideas pueden venir de Guatemala o de México

Ahí está la Rigoberta Menchú, premio Nobel.

La Menchú está de moda; una profesora de inglés va a analizar su obra. Esta mañana estaba leyendo un estudio muy interesante sobre Clavijero, escritor mexicano del siglo XVIII, y su grupo, que fueron los primeros en preocuparse, en México, por la historia de los indígenas, pero que, al mismo tiempo, eran universales. Cuando fueron desterrados los jesuitas, por ejemplo, escritores como Clavijero, que se fueron a Roma, no aceptan todo lo europeo, sino que siguen viendo a México con ojos de mexicanos; ahí se crea ya una nueva visión

Qué interesante, ¿va a escribir algo sobre esto?

Tal vez, si tengo tiempo. Clavijero es un personaje que me interesa mucho.

Y volviendo al siglo XVIII terminamos esta conversación que empezamos apuntando al siglo XXI; el eterno retorno nos lleva a la comida.

En otras palabras, de lo intelectual *a* lo material, los dos inseparables aspectos de la vida humana, el alma y el cuerpo, unidos, según Descartes, por un endeble hilito.

11

SOBRE POSMODERNIDAD
Y LA RELACIÓN CIENCIA Y ARTE

Hablando de la Ilustración, los jesuitas mexicanos en Roma, que no escribían con la universalidad con que escribían los que estaban en Roma o en París, sino que son personas que han venido de América. Eso nos lleva a una de las fallas de la modernidad, la universalidad abstracta.

*L*a universalidad abstracta no es la de los jesuitas que fueron expulsados en 1767, como en el caso de Clavijero, uno de los principales, que escribió sus disertaciones para rebatir lo que había dicho De Pauw sobre la degeneración de las plantas, los animales y los seres humanos en las Américas, pero sin conocerlos. Su teoría era que en el trópico todo degenera, sin saber que México estaba a una altura de siete mil pies sobre el nivel del mar; Clavijero en sus disertaciones rechaza esa absurda teoría eurocentrista. Fue Clavijero quien primero presentó una visión de la azteca como una civilización comparable a la de Grecia. ¿Por qué? Porque ya para él lo azteca era tan importante como lo griego. Porque cualquier lengua, cualquier cultura es tan importante como cualquier otra; no hay culturas superiores e inferiores. Esa idea lo lleva a formular un concepto concreto apoyándose en las culturas mexicanas. La idea del nacionalismo mexicano nace con él y los otros pensadores del siglo XVIII, como por ejemplo Juan Benito Díaz de Gamarra. Porque cuando los jesuitas salen de México ya ven las culturas nativas con simpatía y las comparan con las de Europa. Los aztecas, dicen, tenían una cultura no inferior a las de los europeos. Y ponen ejemplos de esas culturas, señalando los progresos que habían hecho, y luego escriben la historia antigua de México.

¿Y está preparando escribir algo sobre ese tema?

El tema siempre me ha interesado; en un artículo que apareció en la revista *Mexican Studies/Estudios Mexicanos,* que publica Jaime Rodríguez en la Universidad de California en Irvine, ya hablo de ese asunto en la introducción del estudio, cuyo tema central no es precisamente ése, sino la mitificación de la historia tanto en los Estados

Unidos como en México. Pero pienso seguir desarollándolo. Para mí Clavijero es la personalidad más importante del siglo XVIII en México; no hay duda, así como Sor Juana lo es del siglo anterior. Pero a las obras de Clavijero no se les ha dado la importancia que tienen. Si usted lo menciona, casi nadie sabe quién es Clavijero.

Desde nuestra perspectiva contemporánea, ese interés suyo se marca un poco dentro del concepto de la posmodernidad, en cierto sentido, pues ésta no rechaza el pasado, sino que quiere volver a él con una nueva visión: México, Roma; esto de Clavijero habla de la estética geopolítica, una estética de nuestro tiempo. ¿De alguna manera eso está en su crítica también?

Fíjese usted que para mi tesis doctoral escogí las crónicas y la historia de Clavijero. Hoy las crónicas están de moda. García Márquez y Vargas Llosa se las han apropiado. Yo las estudié antes de 1950.

Una actitud posmodernista el volver a las crónicas. Hace cuatro o cinco años, con aquel lingüista mexicano tuvimos nuestras discusiones sobre la posmodernidad, y ahora la palabra parece que se ha gastado, ¿no? ¿Cuál es su posición frente al posmodernismo? ¿Lo ha abandonado?

No, pues tiene algunos aspectos muy importantes, por ejemplo, la idea de que, como resultado de los avances en las comunicaciones, ya no hay un centro cultural que predomine. Aquí nosotros ¿estábamos? en el fin del mundo. Ahora, París queda a unas cuantas horas. Puedo estar en Londres mañana. Y en Nueva York esta tarde.

¡Chiapas ahora es un centro!

Otra idea de la posmodernidad que me interesa es la de incluir las culturas populares, que verdaderamente hasta hoy han sido consideradas como marginales. Cuando llegué a Illinois, a la Universidad de Illinois en Urbana, insistía un profesor en decir que las características esenciales de la literatura eran tres, una de las cuales era la complejidad, lo cual, automáticamente, excluía lo popular. El domingo leí un artículo sobre un cosmógrafo que descubrió lo que se llama un *quark*, una de las más diseminadas partes de toda materia. Y según parece, tiene una teoría de lo complejo y lo simple, y yo creo que eso es una buena idea porque no podemos estudiar la literatura nada más basándonos en lo complejo. Podemos leer el *Primero sueño* de Sor Juana, que es una obra muy compleja; podemos pasar la vida estudiándola; o la *Muerte sin fin* de José Gorostiza, para mencionar dos obras mexicanas. Pero también existen los corridos, muy simples, que tienen valores; pero esos valores no se ven sin la ayuda de la posmodernidad, que insiste en incluir lo popular dentro de las tendencias elitistas. Esa idea me parece muy importante. Pero, como usted dice, nosotros ya lo habíamos hecho; pero no dentro de la nonata teoría de la posmodernidad.

Hay otras cosas; muchas más ¿verdad? El subjetivismo, el individualismo. El subjetivismo, la idea de que no puede haber nada objetivo. Esto viene de la nueva ciencia, la idea de que la presencia del investigador cambia la realidad que está estudiando. Es necesario considerar la presencia del investigador, problema ya estudiado por Américo Paredes en algunos de sus artículos. Nos da algunos ejemplos de cómo algunos sociólogos han estudiado la cultura chicana, sin darse cuenta de que su presencia cambia la reacción de los informantes, idea que me parece importante y que hay que tener en cuenta cuando leamos un estudio sociológico.

Hay ideas que ya estaban en la cultura, ¿verdad?, o en la cultura no europea, la gran importancia de la cultura popular que ahora recoge la crítica; luego, la cuestión del otro, el yo y el otro.

Sí, esa idea del otro, muy común en nuestro tiempo, me parece de gran interés para el estudio de las relaciones entre los europeos y los latinoamericanos, como ya lo ha hecho Todorov sobre la presencia del indígena, cómo se ve al indígena, y sobre todo cómo veían a los indígenas del oeste (el West) los criollos que estuvieron allí. Ese estudio no se ha hecho todavía, cómo la mayor parte de los criollos que poblaron el norte de México los rechazan. Para ellos el indígena es el otro, y no el anglo. Y esa teoría podría ser muy útil para hacer esos estudios.

Pero también, hablando un poco del sujeto y el otro. No tanto como el otro, sino donde el sujeto se realiza en el otro. Esa crisis del subjetivismo.

Sí, por supuesto; hay una novela chilena que se llama *El otro* en la cual el protagonista se realiza en un personaje inventado por él mismo. Pero a lo que usted se refiere es al proceso por medio del cual un sujeto cambia. Cortés, como observa Todorov, cambió al ponerse en contacto con los aztecas.

Es uno de los conceptos claves en la literatura actual; también, en la narrativa, toda la crisis de la subjetividad del sujeto, la cuestión del yo como otro. El mismo Carlos Fuentes, ya en La muerte de Artemio Cruz, *utiliza la narración en segunda persona. ¿Son estos elementos una aportación de nuestra época?*

Establecer los orígenes del posmodernismo es un gran problema. Octavio Paz se queja . . .

¿Cómo ve usted las quejas de Octavio Paz?

Dice que él habló de la posmodernidad antes que otros, y que no se le ha dado crédito. Y hasta cierto punto tiene razón, porque había escrito un artículo sobre la posmodernidad, pero nadie lo había consultado. Dice, primero, que el término, *posmodernismo*, ya era usado en Hispanoamérica, y luego discute la idea de apoderarse de conceptos de otras culturas: lo del modernismo y posmodernismo, por ejemplo. Pero ésos son conceptos totalmente distintos. El posmodernismo es, para el crítico de la literatura hispanoamericana, la continuación del modernismo rubendariano; para el crítico contemporáneo, el posmodernismo quiere decir el período que sigue a la época moderna. Para Paz, el origen de la posmodernidad se encuentra cuando termina la vanguardia. No estoy de acuerdo, pero. . .

Pero, más o menos usted también está en ésa . . . cree en eso . . . que los orígenes se encuentran ya en los años 30 y 40. A usted el modernismo como un movimiento artístico, o cultural, que lo vivió, a finales de los años 20 y 30, ¿le afectó? ¿Vio unas limitaciones? ¿O lo vivió plenamente, o con algunas reservas?

Bueno, precisamente en el sentido amplio, internacional, que le damos ahora, no existía el concepto; el modernismo y el posmodernismo, en el sentido hispanoamericano, me interesó mucho, sobre todo la transición del uno al otro; es un momento de transición entre el modernismo de Darío y Amado Nervo, y lo que viene después que es el vanguardismo.

Entonces usted se interesó en esta dimensión.

Sí, me interesaba mucho esa dimensión porque ya allí tenemos los orígenes de la posmodernidad, que ya menciono en un artículo que le pasé sobre el cuento posmoderno mexicano, en el cual discuto algunos cuentos de Alfonso Reyes en los que encuentro elementos posmodernos, por ejemplo, su interés en lo popular. Pero Alfonso Reyes no ha tenido el impacto sobre los cuentistas posteriores que tuvo Borges, por ejemplo. Borges, a propósito, admiraba la obra de Reyes, y en sus cuentos he descubierto algunas influencias del mexicano, que Borges consideraba como el gran escritor en lengua española.

Y entonces, frente a esa otra vanguardia cosmopolita y tecnológica y la experimentación por la experimentación, ¿le deslumbró, o no tanto?

Pues sí, era el otro *[risa]*. No hay duda, Víctor, y sobre todo el impacto de las nuevas filosofías, por ejemplo, Whitehead, a quien oí hablar en la Universidad de Chicago durante los 40; y leí casi toda la obra de Russell, que me interesaba mucho. Whitehead me impresionó mucho, y algunas ideas todavía las guardo. Otros dos libros que me impresionaron, no por su valor literario, sino ideológico, fueron *The Theory of the Leisure Class*, de Thorstein Veblen y la autobiografía de Henry Adams. En éste se introducen ciertas ideas, por ejemplo, la de la Virgen y la máquina como fuerzas emotivas, esto es, la idea de la fuerza que tiene la Virgen opuesta a la máquina, y como símbolos de lo religioso y lo mecánico, de lo espiritual a lo material.

Hay que recordar que usted vino a estudiar ingeniería. Y he notado yo, y no hemos hecho esta pregunta, que usted siempre ha estado al tanto de las ciencias. Usted es de los humanistas, o de los críticos literarios, que está más consciente de eso, ya que veo que siempre sigue al tanto de descubrimientos o avances, y eso le da una solidez a su crítica literaria.

Indirectamente, me interesan mucho todos los descubrimientos científicos. Quiero estar al tanto de los últimos descubrimientos y de la estructura del universo, que es uno de los grandes temas, pero no creo que ese interés se refleje en mis estudios. Bueno, puede ser implícito. Uso teorías científicas a veces para la crítica, como aquélla que se refiere a lo simple y lo complejo, o la idea de la indeterminación. Mi interés en el desarrollo de las ideas científicas se remonta a los 30, cuando uno de mis libros favoritos de lectura era el de James Jeans titulado *The Universe Around Us*, publicado creo en 1928 o 29. Me acuerdo también que en los años 30 todavía decían que era imposible que un objeto abandonara la tierra porque no había energía suficiente para lanzarlo al espacio.

Ese interés por las últimas ideas científicas no ha desaparecido. Hace unos años, usted se ha de acordar, me operaron para sacarme una enorme piedra que tenía en la vejiga. Uno o dos días después de la operación me visitó Manolo [Manuel Martín Rodríguez] en el hospital de Santa Bárbara, y se quedó sorprendido al encontrarme leyendo el libro *A Brief History of Time: From the Big Bang to Black Holes* de Stephen Hawking. Muy interesante para mí es la presencia de las ideas estéticas en la formulación de conceptos científicos. Porque dicen que tiene que haber simetría en todas las teorías científicas, y si no la hay, hay que buscarla, para que la teoría tenga valor. La idea de lo estético, de la simetría, ha llevado a los científicos a descubrimientos importantes. Según las últimas teorías sobre el número de partículas que componen el átomo, no encontraban simetría, por lo cual se vieron obligados a postular la existencia de otra partícula, a la cual le dieron el nombre de *quark*. Hace unos días leí en el periódico que por fin la habían descubierto. Es una partícula que sólo existió un instante cuando se creó el universo, cuando el *big bang* del cual habla Hawking. La aplicación de esas ideas no es fácil, y casi imposible intercalarlas en la crítica literaria. Las ideas sociales, sí, muy fácil, o históricas, muy fácil; pero las ideas científicas . . . por supuesto, todo escritor refleja sus ideas acerca de la realidad circundante. Si usted cree que la tierra es plana, bueno . . . *[risa]*.

Por eso la comprensión del universo físico; la comprensión del mundo novelesco, de alguna manera hay elementos de eso que se nota en su crítica, ¿verdad?

Sí, pero no son obvios. Me fascina la lectura de obras sobre descubrimientos y teorías científicas. A veces se puede aplicar a la literatura, pero existe una ruptura, un divorcio, entre las ciencias y las humanidades. Y eso también sería tarea del futuro, ¿verdad?, de la educación; se debía de dar la síntesis, luchar contra la tajante división entre las dos caras del conocimiento humano, que debería estar integrado. Cuando yo estudié, estudié química, física, biología, todo en el laboratorio; pero no me enseñaron las teorías.

Volveremos sobre esto, pero quizá para seguir con el ritmo. El tema de la estética ahora, o el arte, ¿cuáles son algunos de los planteamientos o temas de más actualidad? ¿Cuál, hoy en día, es la cuestión palpitante?

Yo creo que lo principal ha sido el rechazo de las ideas elitistas que predominaban en la crítica, el arte y la literatura, esto es, los conceptos de universalidad, complejidad, profundidad, unidad, originalidad, como ya dijimos, y la apertura hacia nuevas teorías, mucho más amplias, que incluyen otros aspectos de las obras. Un tema que a mí me interesa mucho es la diferencia entre lo clásico y lo barroco. Por ejemplo, hasta qué punto lo feo tiene valores estéticos, pues ya no podemos decir; aunque todavía predominan los modelos clásicos de la belleza, ya no podemos hablar de la belleza en ese sentido, tenemos que incluir un modelo mucho más amplio para la estética; y no solamente basándonos en las características citadas atribuidas al arte clásico, que todavía predominan en muchos críticos, si bien inconscientemente, pero predominan, aunque no se manifiestan. Y creo que es allí donde la posmodernidad ha contribuido más que en ningún otro campo, esto es, en deshacerse de la estética clásica y dar más importancia a otros conceptos estéticos, valorar ciertas obras que antes eran rechazadas.

El otro día conversaba con un profesor que, aunque ha evolucionado también bastante, seguía con su discurso, que era sobre la autorreferencialidad del arte, pero poniéndose un poco a la defensiva, diciendo que aun en la autorreferencialidad hay contenido. ¿Cómo ve usted esa cuestión de la autorreferencialidad por un lado, y la vida y la experiencia por otro?

Creo, Víctor, que ese concepto es reciente, que nació en los 60, pero ya lo encontramos en todas las obras del pasado, aunque no existía la teoría, y como ha dicho Borges, cuando creamos una idea, creamos su pasado, y empezamos a escribir, en este caso, sobre el tema de la autorreferencialidad, pero en su extremo conduce al solipsismo, ¿no? porque se olvida la realidad objetiva. A mí me parece muy buena idea mientras que no digamos que es el único valor que tiene la obra; es uno de los valores, el referirse a la propia obra, y de allí precisamente nace la idea de *la escritura*, ¿verdad?, la idea de que el narrador está consciente de que está escribiendo su obra. Y bueno, no sé hasta qué punto . . . tiene valor, no hay duda, pero no es el único valor.

¿Qué otros valores ve usted que son los más importantes en la obra artística hoy en día?

Yo diría que la obra tiene que darnos una nueva visión de la realidad a través de la creación de imágenes perdurables. Para mí eso tal vez es lo más importante, la visión de la realidad que el escritor o el artista logra comunicar; lograr que el lector u observador perciba la realidad a través de sus imágenes. Las que para mí tienen mayor valor son aquéllas que me obligan a pensar en ellas cuando observo la realidad. Ése es el gran valor que tiene para mí una obra, su capacidad para crear una nueva visión de la realidad. Un mínimo valor de toda obra literaria sería el poder enriquecer la vida del lector. Quiero terminar esta conversación, creo que ya es hora de hacerlo, citando las palabras con que cierra la entrevista que me hizo Francisco Lomelí y que Justo Alarcón publicó en 1983 en su revista *La Palabra*: "La literatura nos ofrece los posibles modelos, y son a ellos a los que debemos de volver una y otra vez. No me puedo imaginar un mundo sin literatura. Pero, si hiciera un esfuerzo, lo imaginaría como un mundo sin amor, un mundo sin flores ni pájaros, un mundo sin árboles ni puestas de sol, un mundo sin mares ni montañas, un mundo, en fin, en el que la vida sería un eterno viaje hacia la muerte, sin distracción alguna".

12

ENTRE DOS CULTURAS: MÉXICO Y ESTADOS UNIDOS

Estamos en agosto de 1994, el dos de agosto, seguimos con estas conversaciones, en la sala de la casa de don Luis, tratando de adentrarnos un poco más, en algo tan complejo como es la vida privada de las personas. Hemos hablado mucho de su perfil público, su labor de profesor, de estudioso, sus actividades comunitarias, pero ahora tratamos de calar en el interior de su vida personal; ya hablamos algo de esto en relación con su niñez; pero ahora me gustaría hablar de su persona: memorias, emociones, vida íntima, pulsiones, deseos [risa]. Yo sé que es usted una persona reservada para hablar de estas cuestiones, pero . . . a ver ¿qué le parece?

Bueno, pero no sé a qué aspecto de mi vida se refiere, Víctor, a mi juventud o a mis años de estudiante, no sé, más o menos, a mis experiencias en las Filipinas durante la guerra o en Chicago o cuando estuve en el sur de Estados Unidos . . .

Bueno, no está bien formulado, esto, más o menos, no era una pregunta, era nada más poner el tema sobre el tapete. El otro día hablábamos de la niñez, bucear un poco en los recuerdos de la adolescencia y la juventud. Estaba pensando yo, por ejemplo, ¿cuál era, en la provincia mexicana, después de la revolución, cuál era la actitud de la juventud en su ciudad y, más concretamente, usted cómo veía el mundo?

Bueno, ahora sí, después de la revolución, no terminó la lucha, la lucha continuó, sobre todo entre los campesinos y los dueños de las haciendas. La revolución prácticamente terminó en 1920, cuando Obregón fue electo presidente de la República, pero continuaban los problemas sociales, porque la revolución no resolvió inmediatamente uno de los grandes problemas que era el problema de la tierra. La revolución fue causada, precisamente, por la mala distribución de la tierra; entre otras razones, la pobreza, el tratamiento que se les daba a los indígenas, y otras causas que sería muy difícil dar un resumen, en un conflicto tan grande y que involucró a todo el país. Pero cuando se reunieron los revolucionarios para formular la nueva constitución, congreso en el que estaban presentes los zapatistas, los villistas, los constitucionalistas; allí fue donde se estableció la idea de repartir las tierras a los campesinos. En la constitución de 1917 se proponen varios cambios sociales, pero no se pusieron en efecto hasta después de los 20, cuando comenzaron a repartirse las tierras. Ya hablamos de que Lucio Blanco había sido el primero en repartir tierras en el norte de México. Ahora, los zapatistas tuvieron una gran discordia con Madero y con Carranza, porque ellos querían que se repartieran las tierras inmediatamente.

En mi pueblo existían los dos partidos: el de los patrones que se oponían a que los campesinos tomaran las tierras; bueno, mi familia tenía tierras, pero estaban en Taumalipas, lejos de mi pueblo. Y la mayor parte de las tierras de mi familia fueron repartidas. Sin embargo, no eran tierras para la agricultura, eran tierras para la ganadería. La opinión de nosotros, los jóvenes, por supuesto éramos todos hijos de te-rratenientes *[risa]* y no aprobábamos el que se repartieran las propiedades, por supuesto. No me acuerdo de ninguno que dijera, "Sí, sí, que se repartan las tierras". Ahora que, naturalmente, los otros, los hijos de los campesinos, estaban del otro lado, pero no había conflicto, entre nosotros, no había conflictos, no, pero casi no había diálogo tampoco.

Entonces ustedes del movimiento de los jóvenes artistas e intelectuales de la capital, afiliados al comunismo, Rivera, Siqueiros, la revista El Machete, *¿no estaban al tanto de eso?*

No, no nos llegaba; es decir, las comunicaciones no eran como son hoy. Los artistas de la capital todavía no tenían correo electrónico, como lo tiene hoy el subcomandante Marcos. Los movimientos de intelectuales y artistas radicales de la Ciudad de México no nos llegaban. Me acuerdo de las primeras comunicaciones por radio; ya le dije que mi tío Germán fue el que primero llevó radio allí para escuchar las noticias de Monterrey.

Entonces tratando un poco de captar en el espíritu de ánimo de estos jóvenes de su clase, había un cierto desasosiego, una cierta inquietud . . .

Inquietud política, no . . .

Una inquietud por el futuro del país, por la situación.

Sí, sin duda, había una inquietud en el país, pero como le digo mi padre era muy par-tidario de la revolución, pero cuando le tocaba en lo personal *[esbozo de risa]*, entonces ya era cuando había dificultades. Ahora, también hay que tener presente que había tres partidos y muchos eran villistas, otros eran constitucionalistas y otros eran zapatistas, aunque este partido no existía en el norte de México.

¿Su venida a Estados Unidos quizá tendría algo que relacionarse con esto?

No, no, Víctor, a la Ciudad de México no me interesaba ir, no sé por qué, tal vez por mis experiencias cuando niño, no sé; la otra oportunidad hubiera sido ir a Monterrey, pero estaba tan cerca, y tampoco me atraía; entonces, cuando me entraron los deseos de hacer algo, decidí venirme a Estados Unidos. Ya, pensé, tengo que hacer algo en serio [risas] ¿verdad?, porque la vida en Linares era pura vida social, bailes y bueno, usted sabe como es la vida de los jóvenes; entonces cuando decidí salir, algunos amigos me decían, "Bueno vete a Londres si quieres estudiar inglés, vete a Londres"; "No, no voy a ir a Londres"; pero como unos muchachos de Linares estaban en Chicago . . .

Quizá entonces el deseo de entrar de lleno en el siglo XX, representado por esta modernidad tecnológica de Estados Unidos, Inglaterra, París, esos centros tenían gran atracción en la época para la juventud burguesa de América Latina.

Sí, no hay duda, sobre todo la visión que dejaban las películas; exactamente, Víctor, la visión que la prensa y las películas nos daban de Estados Unidos era tan atractiva que nos despertaban el deseo de incorporarnos a esa nueva modernidad, como usted dice.

Algunos de mis parientes, la familia Plaza, por ejemplo, tampoco resistió el atractivo y se fue a Nueva York. Y lo curioso es que uno de los Plaza, Guillermo, se hizo pianista famoso en la urbe, y su hermano José, que estuvo en la guerra, se fue a París a estudiar, con la ayuda del GI Bill. A una de las dos hermanas, Esther Plaza, la encontré en Linares, en mi último viaje y le dije, "Por qué te volviste, después de estar tantos años en Nueva York". "No—me confesó—es que a cada rato me robaban en mi casa, ya no aguantaba" [risa]. Ella fue quien organizó todo ese festejo en Linares, ahora en el 85; el único pariente que encontré.

Usted cuando decidió hacerse ciudadano norteamericano, ya en los años 30, ¿fue difícil eso, el pensar que ya iba a hacer su vida aquí, en Estados Unidos?

No, mire, mi vida en Estados Unidos fue muy dura durante los primeros dos o tres años: la comida y la lengua y todo eso, pero ya después no. Ya después me acomodé [risa] a la vida de Chicago, y como Chicago era entonces una ciudad que ofrecía muchas oportunidades para mejorar decidí quedarme.

Sin causarle dilema, "vuelvo", "me quedo", porque todos nosotros hemos tenido un momento de duda . . .

No, no me causó ningún problema, pues viajaba mucho a México. Los europeos tienen que dejar el país, no piensan en otra cosa sino en hacerse ciudadanos; en cambio, el caso de los mexicanos es distinto, pues siempre están pensando en volver, aunque no lo hagan.

Entonces usted es algo de una excepción porque muchos de los mexicanos no se nacionalizan. ¿Por qué cree que para usted no supuso ningún problema?

Bueno, es que en mi caso yo quería participar en las actividades como ciudadano; sin dejar la lengua, sin olvidar la cultura mexicana, por supuesto, pero para tener los derechos de un ciudadano. Para el mexicano es muy difícil hacerse ciudadano porque como México está tan cerca, y muchos de los que vienen acá nunca vienen con el deseo de quedarse, sino de volver. Durante los primeros años siempre pensaba volver; pero llegó el momento en que tuve que decidir; bueno, decidí quedarme. Ahora, en mi caso no hubo catarsis *[risa]*, no fue un, un . . . pero lo estuve pensando; luego tiene usted que esperar cinco años para hacerse ciudadano, así es que tiene mucho tiempo para pensarlo. Voy a México y me siento como mexicano.

Bueno, usted ha sabido combinar muy bien ser americano, ciudadano de Estados Unidos, con todo lo que conlleva y que mucha gente acepta eso y pierde lo suyo, pero en usted hay casi un perfecto equilibrio.

Sí, hay un equilibrio; he asimilado muchas cosas de Estados Unidos, y al mismo tiempo no he perdido mi lengua, mi cultura, aunque en México algunos no lo crean. Sabe usted, una vez necesitaba yo unos permisos para una antología que estaba preparando; eran unos textos publicados por el Fondo de Cultura Económica. Les había escrito y no contestaban porque había habido un cambio y el nuevo director no me contestaba. Tal vez usted se acuerda cuando el argentino Orfila era el director del Fondo y publicó la traducción del libro de Oscar Lewis, *Las cinco familias*, que causó un escándalo entre los nacionalistas mexicanos y Orfila perdió el puesto; Orfila me conocía, pero no el nuevo director, y tal vez por eso no me contestaba. Un verano que me encontraba en México fui con mi cuñado, que nació en la Ciudad de México, donde ha pasado casi toda su vida, al Fondo para pedir los permisos. El director no estaba y nos recibió uno de los secretarios, quien nos dijo, "¿Qué se les ofrece? Yo puedo arreglar el asunto". Comenzamos a hablar con él y le dice a mi cuñado, "Oiga, ¿dónde aprendió usted español?" *[risas]*; y luego me preguntó a mí, "Y usted, ¿dónde ha aprendido el español?" Le dije, "Yo, en California" *[risas]*; porque como yo iba de Estados Unidos, ese señor no se podía imaginar que nosotros no fuéramos norteamericanos. Por fin, dijo, "No, si se trata de permisos tiene que ver al licenciado fulano de tal"; y fui a ver al licenciado, y el licenciado no sabía nada de los asuntos del Fondo, porque lo acababan de nombrar. Le dije, "Mire, yo necesito permiso para publicar estos cuentos de Rulfo y estos cuentos de Arreola, ¿cuánto hay que pagar?" Pero el licenciado no sabía y me dice, "Bueno, mire, pague quince centavos—o cosa así—por página". Y le dije, "¿Cómo es posible?" "Sí, sí, sí"; pues, por el permiso para publicar todos esos cuentos les pagamos cinco dólares o algo así, porque este señor no sabía, era un licenciado que habían puesto allí y que no sabía nada de *copyrights,* ni de editoriales, ni de fondos, ni de nada.

Pero lo que a mí me llamó mucho la atención es que, aunque uno siga hablando español, si usted va de Estados Unidos ya no es mexicano. Y lo mismo le pasó a Juan Valencia, profesor en la Universidad de Cincinnati, que se hizo ciudadano norteamericano como yo; es de Zamora, y cuando se jubiló quería volver a ser mexicano; fue a México y no quisieron darle la nacionalidad mexicana *[risa];* le dijeron: "No, usted ya se hizo norteamericano, no venga aquí con nosotros para ser mexicano otra vez".

Quizá por eso de la vecindad conflictiva . . .

Bueno, como está tan cerca, puede usted ir fácilmente, es como si fuera aquí a San Diego; y pasa la frontera y ya está en México, más cerca que San Francisco.

Sí, eso es lo que repite usted y sale en nuestra conversación, que ya desde el mismo nombre, "americano", que incluye a todos y que no se siente, como el europeo o el asiático o el africano, que ustedes son parte del mismo continente; entonces usted nunca se sintió extranjero aquí . . .

Bueno, me tardé mucho tiempo para poder acostumbrarme a la vida, pero con el tiempo uno se hace, como dicen en México, al mole . . .

Pero sí siente usted una cierta unidad panamericana.

Sí, la unidad panamericana; sí, exactamente . . .

Ahora ya, con esta larguísima experiencia de ciudadano norteamericano, ¿quiere usted destacar, de esta experiencia de la vida en Estados Unidos, algunos valores o actitudes que le han servido en su vida? ¿Aspectos de la vida americana que le han marcado o que ha integrado usted a su personalidad, que han influido en su carácter?

Que me han marcado *[risa]* . . . , en mi carácter . . . , pues no sé, tal vez, una de las cosas es, bueno a usted también lo ha influido, la idea de hacer las cosas a tiempo, ¿verdad?, de no llegar tarde. En México se dice, "Les invitamos a cenar", pero no sabe uno a qué hora van a llegar, bueno, no saben . . ., pero aquí no, aquí tiene usted que estar a tiempo, ni antes, ni después *[risa]*. Usted también es muy puntual. Esa idea de hacer las cosas a tiempo, eso me afectó; se hace costumbre hacer las cosas a tiempo. Y cumplir con las obligaciones. Acabo de recibir una carta de Gary Keller, el director de la *Revista Bilingüe*, en la cual le dice al profesor José Antonio Gurpequi, de la Universidad de Alcalá, quien prepara una colección de ensayos críticos sobre Alejandro Morales y quien quiere incluir un estudio mío, que yo soy el único que manda sus colaboraciones a tiempo.

Pero volvamos a Chicago; me causó, primero, mucha dificultad adaptarme al frío, pero ya después me gustaba más que el calor. El clima afecta mucho, pero en Chicago, lo que más me disgustaba eran, en aquella época, las fábricas, que entonces todas usaban carbón, y era muy sucia la ciudad; las casas llenas de hollín; eso me molestaba mucho. Pero me atraía mucho la arquitectura, los edificios y el elevado, el tren elevado, muy rápido; los museos, que me llamaban mucho la atención; el museo de ciencias e industria, el museo de arte, al que iba casi todas las semanas, porque tienen de los mejores cuadros de todo el mundo; un excelente planetario, uno de los mejores platenarios del mundo; y el lago, que es muy atractivo; durante el verano eso me atraía mucho. Y la transportación, que viniendo de un pueblo pequeño *[risa]*, al principio usted . . . se engenta; en Chicago por las calles, tanta gente, está usted engentado; pero después ya se acomoda. ¿Qué otra cosa más? Ah, las librerías, eso me impresionó mucho, porque había muchas librerías en Chicago. No salía yo de las librerías, comprando libros que me interesaban, para leer, además de los textos que yo leía para la universidad. Me interesaba mucho la filosofía y las teorías científicas.

Además de esas lecturas de la profesión, ¿qué otras lecturas le interesan? Hay personas que leen ciertas cosas para divertirse; hacen una distinción entre lecturas solamente para divertirse, para salir un poco de lo que tienen que leer por su ocupación.

Yo no separo, Víctor, lo que hago para divertirme y lo que hago por obligación; yo no pienso en divertirme; no pienso en divertirme. Muchos dicen, "Voy a hacer esto para divertirme", concepto que no entra en mi psicología. Si leo un libro, lo leo para aprender algo; si voy al cine a ver una película, también, pero no sé, si voy a ver un juego de pelota, entonces tal vez sí, tal vez eso sí era una diversión. Bueno, el cine era mi diversión, yo creo, y me tocó ver el cambio de las películas mudas a las películas habladas, en Chicago. Porque aprendía inglés, oía y veía y aprendía inglés, la comedia me gustaba mucho y las películas serias, de arte, como las de Eisenstein, que vi casi todas, como también las películas alemanas, como ésa que se llama *Metropolis*. Yo estaba en la *metropolis [risa]* y esa película me impresionó; todo mecanizado, la vida mecanizada en las grandes ciudades.

Volviendo a eso que dice usted de la diversión, que el aprendizaje para usted es diversión o el vivir es diversión, ¿no tuvo usted sentimientos así de alienación o aburrimiento?

No, Víctor, nunca he tenido ese sentimiento.

Eso viene después, con el existencialismo, ¿verdad?, en los años 40, el absurdo, la nada, el vacío existencial.

Cuando la guerra, sí, cuando está usted en el frente, usted cree que no va a volver, y uno se dice: "Bueno, ya no vuelvo"; eso sí, pero en ese otro sentido no había enajenamiento hasta que vino la guerra, entonces sí. El fascismo, eso sí supuso una gran preocupación, Víctor.

Y luego en el frente, ¿puede hablar un poco de sus sentimientos allí?

Cuando uno está allá, lo único que piensa es "No, ya no voy a volver"; eso, "no voy a volver", porque parece que ya está en el otro mundo.

Por eso habla usted tanto de su viaje al frente.

Sí, tiene algo de viaje a la muerte y luego, sobre todo, a donde me mandaron a mí, a una isla en la Nueva Guinea, Víctor, donde no había absolutamente nada; una isla donde los habitantes, los nativos, son muy bajitos; el pelo lo llevan pintado de todos los colores, rojo, amarillo, azul. Les gustaba, cuando los observábamos, jugar mientras construían unas casas con techo de paja, sin paredes porque hace mucho calor; las construían en una mañana. De esa isla pasamos a la Nueva Guinea, la parte llamada Papua, que estaba bajo el dominio de Australia; de allí pasamos a Hollandia, capital *[risa]* de la otra mitad de la isla, que estaba bajo el dominio de los holandeses. Pero en Hollandia no había sino plantaciones de caucho; fue un viaje a la nada; pero eso sí, el paisaje hermosísimo, tanto en Hollandia como en Papua. Hollandia cuenta con una bahía hermosísima, parece un paraíso terrenal; y fue allí donde se reunió toda la marina norteamericana, antes de atacar las Filipinas. Y el primer temblor que yo sentí en mi vida fue allí; eso no se me olvidará.

Vivíamos fuera del tiempo; eso es, estábamos allí fuera del tiempo. Cuando llegamos allá, la batalla, los ataques, los muertos aquí y allá, los aviones que aterrizaban donde no había campos de aterrizaje, porque los japoneses habían hundido un portaviones y tenían que aterrizar sólo para morir; todo eso ocurrió en Tacloban, nombre del pueblo filipino a donde llegamos en octubre de 1944. Y más tarde, cuando nos preparan para atacar el Japón, me dije otra vez, "Ahora sí, esto es el fin", pero, nos salvamos, me salvé.

Ese gran peligro del que se salvó usted porque yo ahora, que se celebra el 50 aniversario de la invasión de Normandía, veo que dan una cifra enorme de miles de soldados que murieron en aquella invasión; se venció, pero el número de muertos era elevadísimo . . .

Mire usted, Víctor, en la Nueva Guinea los japoneses habían estado por varios años y estaban muy bien atrincherados; para desalojarlos, un general norteamericano—esto nadie lo menciona—atacó de frente, por la playa, y murieron diez mil americanos, diez mil, y no pudieron sacar a los japoneses; los australianos, los "aussies", como les decían, se vinieron por el otro lado de la isla, cruzaron la selva, y los atacaron por allá; entonces sí los desalojaron. De otra cosa que me acuerdo es de los miles de coreanos prisioneros que tenían los japoneses, a quienes trataban como si fueran esclavos, haciendo todo el trabajo, casi desnudos. Eso me impresionó muchísimo, pues los trataban como si fueran animales. Y no se me olvidan esas imágenes, en las noches, con los coreanos desnudos alrededor de las fogatas, lo que me hacía pensar en un infierno como el que describe Dante.

Sí, vivió usted aquello, entonces cuando ve películas como Apocalipsis Now, *no le parecen muy exageradas.*

No, nada exageradas. Una vez que hacíamos *fox holes* (hoyos para resguardarnos de las balas y las bombas) para escondernos, cuando yo comencé a escarbar salió el cuerpo de un japonés muerto, "¡Ay, caramba!"

Entonces la expresión límite de su vida fue la experiencia esa.

Sí, ésa y otras en las Filipinas; en este año de 1944, precisamente en octubre, se van a celebrar los cincuenta años de la gran batalla del Leyte Gulf, donde yo estuve; estábamos adentro del golfo, mientras la batalla tenía lugar fuera, en alta mar. Yo estaba en un barco en el cual cayó una bomba, pero afortunadamente no explotó; luego llegó uno de esos aviones japoneses llamados kamikaze, que se dejó ir a pique contra nuestro barco, pero otra vez, afortunadamente, cayó unos cuantos metros enfrente. El mar se lo tragó inmediatamente.

En retrospectiva, ¿cómo ve eso ahora, con la celebración del aniversario, qué se sacó de eso?

Cincuenta años, ¡hace medio siglo!, Víctor, medio siglo, pues, ahora espero que no haya otra guerra; lo curioso es que el domingo estaba leyendo, en el *New York Times*, que había una nostalgia por el *cold war,* porque la guerra fría prohibía que hubiera otra nueva guerra como aquélla. Parece increíble . . . porque ahora, con la presencia de la bomba atómica, todos tienen miedo de que se arme una guerra, porque sería la última. Recuerdo que, precisamente, ése es el título de una novela de Huidobro, *La última guerra.*

Entonces usted toda esa experiencia literaria de la nada y del absurdo existencialista, lo comprendió desde aquella experiencia de la guerra.

Exacto, aunque en esa guerra había un motivo para pelear; ya después, en Corea, en Vietnam, ya no había ningún motivo como en la segunda guerra, en la lucha contra Alemania, Italia y el Japón, la lucha contra el fascismo. Después ya no se defendía nada, mientras que en la Segunda Guerra Mundial se estaba defendiendo el país, la libertad.

Entonces ese sentimiento que trajo de haber luchado en esa guerra le ayudó bastante en los años 40 y 50 para seguir con su trabajo.

Mucho, sí.

¿Y el macartismo de la guerra fría, le afectó?

Sí, afectó a todo el mundo porque causaba miedo; ya no se podía hablar *[risa]*, no se podía hablar; también me afectó mucho en el Sur, cuando los afroamericanos querían integrarse a la sociedad, ya le conté eso, era una cosa muy dolorosa; y antes, por supuesto, la Gran Depresión, eso también; ya hablamos de eso; eso sí que afecta, ver a tanta gente pobre, sin trabajo; pero después ya en los 50, aparte de la guerra de Corea, las cosas mejoraron.

Pasando un poco abruptamente de lo doloroso, de lo trágico, a lo humorístico, usted es una persona de mucho sentido del humor. ¿El humor le ha ayudado mucho en la vida?

Mucho *[risa]*, siempre me ha interesado mucho el sentido del humor y no sé por qué, pero, cuando leo o me cuentan una anécdota, se me queda; pero si alguien me pregunta que les cuente una, no puedo; pero si estoy hablando de otra cosa, de pronto me acuerdo *[risa]*; entonces intercalo una anécdota. Creo que el humor es necesario, Víctor, no podríamos vivir sin el humor; fíjese usted, si fuera todo trágico . . . en las grandes ciudades sobre todo, porque allí usted se encuentra entre miles de personas que no conoce, está rodeado de gente, pero nadie le ve, usted no conoce a nadie y nadie le conoce. Me acuerdo una vez en Chicago me fue a visitar un amigo de Linares y lo llevé al centro y no aguantó, se engentó, se puso casi . . . me lo tuve que llevar a la casa y ponerlo en el tren para que se volviera.

Ese verbo que usa usted, engentarse, yo no lo conocía, ¿es de su invención?

[*Risa.*] No, Víctor, es un mexicanismo. Se usa para describir a una persona que cuando está rodeada de gente desconocida le entra algo así como pánico; y este amigo, este señor, no era ya un niño, no sabía qué hacer, no sabía qué hacer.

Volviendo del humor a las diversiones, la idea de los hobbies *que aquí se practica mucho, ¿cuáles son sus actividades que considera como* hobbies?

Bueno, jugaba yo al ajedrez mucho, me gustaba mucho y luego, también en el ejército, me llevé un juego de ajedrez y enseñaba allí a los amigos para poder jugar; pero ahora ya no juego, aunque conservo varios juegos. También el tenis, me gustaba el tenis; y nadar. De los deportes, en México, jugué *basketball* por algún tiempo.

He notado también que no le atraen mucho las vacaciones y los viajes, o los viajes en plan de vacaciones; veo que casi todos sus viajes son a conferencias o reuniones de trabajo, pero la idea del viaje vacacional . . .

Esa idea no entra en mi psicología; no sé, no sé por qué; por ejemplo, eso de decir, "¿Qué vas a hacer el verano?" "Pues vamos a ir a este lugar . . . " Pero aquí no, uno está de vacaciones; mucha gente viene de vacaciones a Santa Bárbara.

No, pero digo antes cuando estaba allí en Chicago y en Illinois.

Sí, a veces iba con Gladys a algún parque por algunas semanas. En Indiana hay un parque muy bonito al cual íbamos durante el otoño, cuando cambian los colores de los árboles, que es uno de los espectáculos de la naturaleza más hermosos. Hay otro en Wisconsin, donde a veces íbamos por una semana; pero yo siempre leyendo [*risa*].

Y la idea de viajar a otros países o alguna isla paradisíaca . . .

No me interesa; me gusta viajar en la imaginación [*risa*]. Como ya le dije el otro día, esa descripción que hago, en uno de mis libros, del viaje en tren de Lima a Machu Picchu, creían que yo había hecho el viaje. Una vez un amigo me dice: "Pues yo hice el viaje ese, qué bien lo describe usted, exactamente, ¿cuándo hizo su viaje?" Le contesté, "No, yo nunca he estado en el Perú"; he viajado mucho con mi imaginación. La vacación turística se entiende si usted está trabajando de 8 a 5 y tiene una o dos semanas de vacaciones; entonces sí dan deseos de viajar; pero en mi caso, siempre estoy estudiando y cuando voy a donde sea, llevo un libro para leer.

Antes de acabar esta grabación, es usted una persona muy tolerante, muy comprensiva con los demás, incluso me he dado cuenta, a través de los largos años de nuestro trato, que no hay cosas que le desagraden, que le molesten o le enojen o que no le gusten. ¿Hay algunas cosas que le saquen de sí o que no le gusten?

[Risa.] Es muy raro, Víctor. Una vez fui con un grupo de estudiantes graduados de aquí de la universidad a comer en el Elephant Bar, donde nos dijeron que teníamos que esperar y ya habíamos esperando como una hora y no nos daban una mesa; entonces, Mauricio Parra y yo fuimos a ver a la cajera y allí yo me enfurecí, y Mauricio no podía creerlo *[risa]*. Pero no sé por qué, me dio coraje de que no nos dieran una mesa y nos tuvieran una hora esperando; pero es muy raro, es muy raro que yo . . . *[risa]*, generalmente, como usted dice, soy tolerante; no, si alguien hace o dice algo que no me gusta, pues, bueno, es su modo, es su gusto.

En general, ¿hay cosas que no le gustan?

[Risa.] Esa pregunta me la hizo un periodista en Monterrey, en una rueda de prensa; me preguntó: "¿Qué libro no le gusta a usted?" Yo dije: "Mire, como dijo Cervantes, no hay libro, por malo que sea, que no tenga algo de bueno"; eso lo dijo Cervantes, y yo también digo: "No hay libro, por bueno que sea, que no tenga algo de malo"; pero eso no quiere decir que vamos a rechazar todo; hay que buscar lo bueno en lo malo, y en la vida, también; toda persona tiene un lado bueno, ¿verdad? *[risa]*. Ahora, por supuesto, en cuanto a las ideas es otra cosa; muchos, cuando se enfrentan con alguien con cuyas ideas no estén de acuerdo, se enfurecen. Yo no, yo trato de razonar, de llegar a un acuerdo, en vez de violentarme. Eso no quiere decir que . . . *[risa]*, usted nunca me ha visto, ¿verdad?, pero Mauricio, Mauricio, sí.

Hay personas que tienen muy marcadas sus antipatías, ¿usted no?

No, no tengo marcadas antipatías, Víctor *[risas]*.

Bueno, dejemos aquí este tema del buceo en su psicología, seguiremos otro día.

[Al salir de su casa, conduciendo hacia el oriente me doy cuenta que he podido descubrir poco de los pliegues de la personalidad íntima de don Luis, que él guarda celosamente, muy plegados, en ese cuidado y dominio de sí mismo que ha logrado a través de sus años, tan consagrados al estudio. A pesar de su enojo en el Elephant Bar, a su retrato ético se podría aplicar aquellos versos del "Retrato" de Antonio Machado que ya he evocado, "Soy, en el buen sentido de la palabra, bueno"; bueno, sabio y prudente, aunque sé que a esto respondería con una sonrisa desmitificadora.

El horizonte rojizo de uno de esos crepúsculos dramáticos de Santa Bárbara, sobre el mar Pacífico, me trae a la memoria visual la imagen del soldado japonés muerto, con que se encontraron los dedos de don Luis escarbando en la arena de aquella isla del Pacífico, en plena guerra; imagen-ícono del horror a la guerra, que él vivió dos veces, la primera de niño en México, y cuya evocación pone la única nota de temblor que asoma a su voz en todas estas conversaciones.]

13

LA CÁTEDRA LUIS LEAL
Y EL ÁGUILA AZTECA

Se acaba de celebrar, aquí en el campus de Santa Bárbara, la fundación de la Cátedra Luis Leal de estudios chicanos, ¿cómo se siente usted después del acto oficial?

El acto mismo, que tuvo lugar el jueves de la semana pasada, me impresionó bastante por la presencia de la cancillera y de los políticos locales, pues estábamos en vísperas de las elecciones; también por la introducción que hizo Mario García, y la presentación del programa que hizo Al Pizano. Estuvo bien la presentación.

El acto, verdaderamente, más que para mí, fue una despedida para la rectora, Barbara Uhling, porque ya habíamos celebrado la cátedra en San Francisco con el presidente Salinas; ésa fue la ceremonia oficial para establecer la cátedra. Habían invitado al presidente a que viniera aquí, pero estaba muy ocupado; sin embargo, dijo: "Tengo que ir a San Francisco, por qué no nos reunimos en San Francisco". Algunos creen que vino aquí el presidente; cuando estuve en Chico, el Cinco de Mayo, el rector, Manuel Esteban, en la presentación dijo que el presidente de México había venido a Santa Bárbara a inaugurar la cátedra.

Aquí en la universidad no se había hecho nada; la inauguración coincidió con la despedida de la rectora. Fue una combinación bastante buena; si no hubiera sido por eso, tal vez no habría resultado tan interesante la reunión, con menos público. No sé lo que hubiera pasado. Otra cosa que ocurrió es que ya tienen el dinero completo, los cuatrocientos mil dólares que se necesitan para establecer una cátedra, precio muy bajo comparado con Stanford, por ejemplo, donde las cátedras valen de un millón de dólares arriba.

Hablando yo con los redactores de Nuestro Tiempo, *el semanario de aquí, me dijeron que no sabían muy bien cómo traducir lo de* endowed chair, *cátedra . . . ¿Podría explicar para el público en general qué significa este tipo de "cátedra dotada"?*

Históricamente, en las universidades europeas de la Edad Media, como no había sillas en las salas de clase, los estudiantes, cuando terminaban los cursos a graduar, se reunían y le compraban una silla al catedrático [risa]. Y de allí nació la idea en nuestra época de establecer estas cátedras, apoyadas generalmente por alguna persona rica que quiere dotarla, ya sea para recordar a algún hijo muerto, o nada más para que su nombre permanezca allí, y así es como funciona. El dinero dotado se deposita en un banco, y todos los intereses los puede usar el profesor que ocupe la cátedra para sus investigaciones. La universidad se compromete a pagar el sueldo del profesor, que tiene que ser al nivel más alto, el de *full professor*.

La cátedra a mi nombre fue aprobada por los *regents* de la Universidad de California ya hace como dos años. Yo no doté esa cátedra; la universidad, mejor dicho, *the office of development* fue la que estableció la cátedra por medio de contribuciones recibidas de varias instituciones y corporaciones y del gobierno de México.

¿Es ésta la primera cátedra dotada de estudios chicanos en el país?

Exactamente, es la primera cátedra dedicada a los estudios chicanos. Se ha establecido una en Austin, en la Universidad de Texas, que se llama, Cátedra Tomás Rivera, pero está dedicada a la literatura mexicana, no a la chicana. Es muy raro que le dieran el nombre de Tomás sin ser sobre estudios chicanos.

¿Y de otros grandes latinoamericanistas, o de escritores latinoamericanos o mexicanos, hay varias cátedras más en el país?

Bueno, por ejemplo, Fernando Alegría tiene una cátedra en Stanford; Rolando Hinojosa, en la Universidad de Texas, en el departamento de inglés, tiene una cátedra.

No, pero me refiero no a detentar la cátedra, sino a que lleve su nombre.

No, no hay ninguna. Todas las cátedras tienen el nombre de una persona rica, que ha dado el dinero.

Así que con nombre hispánico las cátedras Tomás Rivera y Luis Leal son las dos primeras en el país.

Así es.

Es de interés ver los grupos que se han unido para aportar el capital de la cátedra que lleva su nombre, pues es índice, además del relieve de su personalidad dentro de la cultura chicana, de la creciente importancia socio-política y cultural de la población chicana. ¿Quiere hablar un poco de esto?

El primer grupo es el de las grandes corporaciones, que siempre dan dinero para este tipo de actividad; por ejemplo, Coca Cola dio dinero, y el Banco de América, la compañía de gas y otras compañías, que tienen *foundations*, es decir dinero dedicado a la cultura. El gobierno de México se interesó mucho. También hubo contribuciones personales, sobre todo de mis estudiantes; y de Ignacio Lozano, de *La Opinión* y, por supuesto, del gobierno de México.

¿A qué cree usted que se deba este interés del gobierno de México en una cátedra de estudios chicanos a su nombre?

El interés es el resultado de lo que hizo Salinas, hace como cuatro o cinco años, cuando se estableció una subsecretaría encargada de los mexicanos fuera de México, ¿verdad? Y como no sabían nada de lo que estaba pasando en los Estados Unidos vinieron aquí el subsecretario de relaciones exteriores y otros más; se reunieron con nosotros, en una junta con Manuel Carlos, Juan Vicente Palerm, yo y el director de Latin American Studies. Como resultado de esa junta se organizó aquí un pequeño congreso para que se dieran cuenta de lo que estaba pasando. El último día yo les hablé sobre la literatura chicana, y les llevé libros, muchos libros, al Centro de Estudios Chicanos de la universidad; como resultado de eso, me nombraron para que seleccionara libros de literatura chicana para hacer traducciones y publicarse en México; pero creo que no se ha hecho nada.

Desde entonces, me han invitado para participar en las ceremonias de las Águilas Aztecas que han concedido; el tercer año terminó dándomela a mí; fue entonces cuando me conoció el presidente.

¿Entonces, usted cree que el hecho de que Salinas de Gortari ya le conociera facilitó a que el gobierno de México contribuyera generosamente a la dotación de la cátedra?

Es muy posible. Además ha sido muy generoso al haber ofrecido las Águilas Aztecas a César Chávez, a Américo Paredes, a Julián Samora, a Antonia Hernández, a Gloria Molina, a Luis Valdez y a otros.

¿Cree usted que este interés esté vinculado a toda la política cultural vinculada al Tratado de Libre Comercio?

Sí, sin duda. Y hay que tener presente que el que verdaderamente intervino para conseguir este apoyo del gobierno mexicano fue Sergio Muñoz.

¿Quien fuera editor de La Opinión *y director de noticias del canal 34 y ahora en el departamento editorial de* Los Angeles Times*?*

Sí, el mismo.

Todos estos vínculos de la mass media, *la política y la cultura, resaltan la presencia de México en los Estados Unidos, en la población chicana/latina, aunque a veces no sea muy visible o no se reconozca, pero es una presencia . . .*

Que siempre ha existido; nunca ha desaparecido. Nunca ha desaparecido, desde 1848.

*Eso hay que recordarlo continuamente porque a veces aun muchos de los propios chi-
canos no están conscientes de ello, ¿verdad?*

No, no están muy conscientes, no, de esa presencia, en Estados Unidos, de la cultura
mexicana y del mexicano.

*Aunque en momentos como éste de la dotación de una cátedra de estudios chicanos,
se da uno cuenta o se resalta esa presencia. ¿Quiere hablar más de la contribución de
personalidades de los medios de comunicación hispanos a la fundación de la cátedra?*

Ignacio Lozano tuvo mucho que ver en obtener contribuciones. Su padre, Ignacio
Lozano, había fundado *La Prensa* en San Antonio, Texas, antes del 20, y luego mandó
al hijo a Los Ángeles a fundar *La Opinión*, en 1929. Y su hijo, también llamado
Ignacio, es miembro del *board of directors* del Banco de América y a través de él ese
banco contribuyó. Yo le conocí a Lozano en *La Opinión*. Así que juega un papel
importante en esa relación que hay de los medios de comunicación con la cultura del
chicano en Estados Unidos.

No sólo eso, después de que me concedieran el Águila Azteca, de México enviaron
aquí a una persona para que me entrevistara e hicieron un video de una hora (que también lo hicieron con varios de los que hemos recibido el Águila, Paredes, Samora,
Antonia Hernández), y ese video se ha pasado en todas partes por la televisión en
Estados Unidos y en México; pero más en Estados Unidos.

Esas actividades están también asociadas a la política, no hay duda; ese interés que
hay en México por el bienestar del chicano y su cultura no había existido; México casi
no se interesaba en los profesores como lo ha hecho España. España siempre ha dado
medallas y premios a los profesores de español en las universidades.

Y Francia más.

Francia más, y Alemania, pero Hispanoamérica nunca. En otras palabras,
Hispanoamérica nunca se ha aprovechado del gran valor que tienen los profesores
como representantes de las culturas hispanas.

*Yo acabo de recibir una carta de un profesor chileno en Suecia, donde habla del gran
auge del español en el mundo actual y propone que, como los franceses, los alemanes
y ahora España con el Instituto Cervantes, se debería crear, por todo el mundo, distintos centros, casas o instituciones culturales latinoamericanas. ¿Qué le parece esa idea?*

Excelente, me parece excelente. Bueno, otra cosa que ha hecho el gobierno mexicano,
con Salinas, es establecer centros culturales mexicanos en Estados Unidos. Ya existen
en Chicago, Houston, Los Ángeles, San Francisco. Es muy importante tener casas de
la cultura, pero siempre están separadas de los centros universitarios, y lo que deberían
hacer es vincularlas con los centros y departamentos hispánicos de las universidades.
Usted ya sabe lo mucho que hizo Federico de Onís por la cultura hispánica en su instituto en la Universidad de Columbia, entre los años 20 y 50.

Volviendo a la Cátedra Luis Leal, que de alguna manera apunta a esta función, además de la excelencia académica, ¿qué esperaría usted idealmente de la misión de la persona que venga a desempeñarla?

Bueno, espero que sea una persona consciente de estos problemas que hemos estado discutiendo, de las relaciones entre los países hispanoamericanos y los Estados Unidos y Canadá. Éste es el momento. Espero que no sea una persona que esté estudiando nada más la novela chicana; eso sería una tragedia; una persona que tenga una visión más amplia de la cultura hispana a la cual pertenece la cultura chicana, ¿verdad? Que tenga capacidad en, y conocimientos de, los países hispanoamericanos y de la comunidad hispana en los Estados Unidos; no solamente de la chicana, sino de las otras ramas de la cultura hispana: la puertorriqueña, la cubana, la española en Estados Unidos.

Es un tema que reaparece en sus últimas reflexiones. Usted ha tenido su etapa latinoamericana, mexicana, chicana, las tres imbricadas, pero ahora veo que propone otra proyección de lo chicano inserto en esta rama más amplia de lo hispano o latino en los Estados Unidos.

Creo que ésa es la tendencia, Víctor; ya hemos hablado de eso.

Pero no lo hemos hablado en este contexto y frente, no a la amenaza, sino a la actitud de englobarla en la cultura dominante. Hemos hablado de la universidad, pero no lo hemos relacionado con la comunidad o con la sociedad. Usted ve un poco como peligro, vamos a decir [risa], que los departamentos de inglés acaparan a los jóvenes chicanos/latinos más brillantes . . .

Estos jóvenes críticos que están en los departamentos de inglés, o en otro departamento, ya han perdido esa tradición hispana, y ése es el peligro.

Sí, porque en este fin del siglo la presencia cultural hispana o latina en Estados Unidos tiene una vitalidad desbordante, algo que no podría haber previsto hace cincuenta o veinticinco años.

Y esto ya está ocurriendo en las grandes ciudades, como en San Francisco y Los Ángeles; pero esa integración dentro del pueblo no ha ocurrido en las universidades.

Y es una lástima porque en la cultura latinoamericana de este siglo, desde el modernismo, hay una tendencia a reinscribir lo nacional en un todo más amplio, "Nuestra América", para usar la expresión de José Martí. Usted en este fin de siglo reivindica esa tradición que también es la de Darío y Henríquez Ureña.

Y por otro lado, esa tradición comienza con Bolívar, ¿verdad? También existe otra tradición de algunos antropólogos norteamericanos como Boas, que pensaba que las naciones tenían que desaparecer; pero ocurrió lo contrario con la Segunda Guerra Mundial; ha habido un fraccionamiento; las naciones en vez de ser menos se han multiplicado.

Y ahora vivimos la exacerbación de más fraccionamientos de naciones y del sentimiento nacionalista.

Pero, con las comunicaciones, estas nacionalidades confinadas ya no existen, Víctor. Ya no pueden, ya no pueden . . . No importa; si pasa algo esta mañana en Java yo lo sé inmediatamente; hubo un temblor en Colombia anoche y hoy yo ya sé todo lo que ha pasado. Hubo en Java el domingo un gran temblor, y el lunes ya sabemos exactamente todo lo que pasó.

Entonces usted cree que en la época de la comunicación generalizada las fronteras nacionales son absorbidas por lo global, aunque lo global esté repartido en familias culturales.

Sí, hay una comunidad de familias culturales y familias lingüísticas y la familia lingüística hispana es muy . . . y en el futuro yo estoy seguro que va a ser mucho más importante.

Entonces usted apuesta por eso, dentro de esta crisis de valores culturales que vivimos ¿lo ve como algo pesimista o lo ve como una gestación dolorosa, pero en la que hay aspectos positivos?

Es algo positivo, no hay duda. Es muy positivo lo que está pasando, sobre todo como resultado de los grandes adelantos en las comunicaciones. Los aviones, por ejemplo; usted puede viajar por cualquier parte del mundo; ya no hay fronteras, no va a haber fronteras, Víctor, sólo culturales, no políticas. Por ejemplo, ayer pasaron esa película de los inmigrantes indocumentados que vienen de México; ya no hay, ya no existe la frontera; ponen una barda para detenerlos, pero no lo logran; van a seguir llegando. Ayer precisamente estaba leyendo un corrido que dice en parte:

> Si uno sacan por Laredo
> por Mexicali entran diez,
> si otro sacan por Tijuana
> por Nogales entran seis;
> ai nomás saquen la cuenta,
> cuántos entramos al mes.

Van y vienen como quieren.

Van y vienen, pero eso ha ocurrido siempre. Tengo citas del siglo XVI, Víctor, cuando ya la gente venía acá y luego se volvía. Ahora la frontera se va extendiendo. Con NAFTA, el sur de los Estados Unidos y el norte de México van a ser una unidad cultural.

Volviendo a la Cátedra Luis Leal, le gustaría que el catedrático que la ocupe investigara estas cuestiones y no que se encerrara . . .

Exactamente, que no sea un investigador muy minucioso; usted conoce esa tradición de . . . [risa] . . . ¿verdad?, las investigaciones minuciosas de un asunto que no ayuda a nadie.

Usted está a favor de los estudios interdisciplinarios, así que ¿su preferencia para la cátedra es por cualquier disciplina?

Sí, puede ser un antropólogo, sociólogo, politólogo, crítico de la literatura o de la literatura popular, lo que sea, pero que sea una persona ya dentro de esa definición cultural más amplia.

Ya lo habíamos discutido eso, pero noté que en su discurso de la ceremonia del otro día, usted dio énfasis al hecho de que los estudios chicanos, los estudios afroamericanos o los estudios americanos están al frente, hoy, de la tendencia de la crítica cultural, tan ascendente, hoy en día, en las universidades.

Así es; no sé si usted leyó el último número de PMLA, donde la directora confiesa que ella también está preparada para enseñar *cultural studies*, y propone un curso de francés en que [risa] se estudie la política, la antropología, todo, en la literatura.

Siguiendo con la propuesta de la directora de la Modern Language Association, pero remontándonos un cuarto de siglo atrás, usted, profesor tan respetado dentro del "establishment" académico, cuando empezaron a fundarse, con grandes polémicas y enfrentamientos, los departamentos y programas de estudios afroamericanos y chicanos, ¿los apoyaba cuando la mayoría de los profesores, el noventa y cinco por ciento, estaba en contra?

Sí todos, el noventa y cinco por ciento, y creo que todavía lo están. Algunos decían, "Qué está haciendo Leal en Chicano Studies". Hasta me acusaron de haber traicionado al departamento de español. Lo que yo vi de importante es que aquí hay una sociedad que tiene una literatura y que su historia ha sido abandonada. En otras palabras, se creía que el chicano es un pueblo que no tiene raíces: un pueblo nuevo que no puede contribuir nada cultural a la sociedad. Al establecerse estos departamentos y hacer estudios y preparar profesores para enseñar Chicano Studies, estamos demostrando que el chicano es un grupo como cualquier otro, que tiene una historia, pero que ha sido olvidada. Por ejemplo, cuando se publicó *Pocho* en 1959, se dijo que era la primera novela chicana. Fíjese usted en 1959, la primera novela chicana. Entonces, ese mismo año apareció una reseña en la revista *Nation*, debido a que el director era McWilliams, autor del libro *North from México*, y, por lo tanto, estaba interesado en que *Pocho* fuera reseñado. Si McWilliams no hubiera sido el director de la revista, el libro no habría sido reseñado. ¿Y qué dice el que hizo la reseña?, dice: "Aquí tenemos una novela de un pueblo sin voz", o algo así. No es que sea un pueblo sin voz, es que no lo han querido oír [risa]. No es que no tenga voz, es que no lo han oído. Eso fue lo que me interesó, como crítico; y los problemas de la comunidad, tanto como los problemas universitarios.

Sí, ésos son los dos aspectos que cuando comenzó el movimiento chicano atrajeron más su atención, fue como una revelación . . .

Sí, una revelación porque yo había hecho lo mismo con los estudios de la literatura mexicana, que había pocos entonces, y ahora aquí teníamos algo concreto con la sociedad chicana.

14

Devolver la voz
a los sin voz

Otro tema en el que usted insiste y que reapareció en sus palabras de inauguración de la cátedra, que espero que se publiquen . . .

¿Esa pequeñita presentación?

el de que aquí tenemos un pueblo al que no le han querido oír, que tiene voz, pero que ha sido negada. ¿Cómo se siente ahora, después de más de veinticinco años del movimiento chicano y de su propia labor de crítico empeñada en que se oiga dicha voz?

Bueno, tal vez sea muy optimista, el decir que una cátedra le haya dado voz a un pueblo *[risa]*. Sin embargo, fíjese en la gran diferencia; hace veinticinco años no se hablaba de la cultura chicana, no se hablaba de la literatura chicana; hoy ya se estudia en casi todas las universidades. No sólo aquí, sino en todas las partes del mundo. Hoy estuve hablando con esta profesora francesa de Bordeaux que está haciendo un estudio lingüístico sobre la literatura chicana. Va a haber un congreso allá, en Francia; ha habido conferencias en Alemania, en España. Se acaba de publicar en Francia una antología enorme de la poesía chicana. Aquí está ésta, mire, ¡la poesía chicana traducida al francés!

El interés por lo chicano, aun en Europa, es algo que no puede detenerse. Es como un río que va aumentando su corriente. Hace diez años tal vez se dudaba, hoy ya no.

Hablando del otro tema, el de la relación de los profesores universitarios con la comunidad, ya hemos tratado de su participación en Chicago, pero todavía no de su relación con la comunidad chicana de Santa Bárbara.

Ayer encontré en mi casa un video que se hizo en City College, en el cual participé, en noviembre de 1976. Acababa de llegar, y no me acordaba de eso. Desde el primer momento de mi llegada experimenté un gran cambio porque allá en Urbana no había una comunidad chicana. Pero aquí tan pronto como llegué me di cuenta de la importancia que tenía estar relacionado con la comunidad chicana de Santa Bárbara. Me invitaron para ir a hablar en City College en esa mesa redonda e inmediatamente acepté. Y ya desde entonces me interesé en participar en la comunidad y luego cuando me invitaron para participar en la Casa de la Raza, acepté; estuve diez años en el comité ejecutivo. Cuando comencé, el presidente de la Casa era Rubén Rey, precisamente, y éramos un grupo como de veinte personas.

Cuando se lanzó la idea de establecer un centro para la juventud, como era necesario recaudar dinero, se organizaron varias actividades, a una de las cuales invitamos al gobernador Brown, y vino. Después de diez años dejé el puesto pensando que sería mejor que lo ocupase algún joven.

Pero siempre he estado en contacto con la comunidad, siempre he participado en las actividades relacionadas a los chicanos; por ejemplo, cuando mataron a un joven mexicano, estudiante de City College, se estableció una serie de conferencias anuales, y yo fui el primero que dio una conferencia sobre la cultura chicana. Acabo de estar en Chico, el Cinco de Mayo, donde me invitaron a hablar sobre la literatura chicana. Aquí en la universidad, como usted sabe, siempre he participado. Estuve en el centro tres años como director interino, puesto que acepté para que no lo cerraran cuando Fernando de Necochea se fue a Stanford. En el centro tuve la oportunidad de poder organizar conferencias y de invitar a muchos para que vinieran a hablar. Cuando la profesora Kennedy fue directora interina del Centro de Black Studies, invitamos a una escultora muy famosa, afroamericana, Elizabeth Catlin, que vive en Cuernavaca, y su presencia tuvo mucho éxito. Me parece muy importante que los dos centros, Chicano Studies y Black Studies cooperen para relacionar a los dos grupos y tener mayor oportunidad de conocerse. Por ejemplo, cuando la señora Catlin, quien hizo la estatua de Martin Luther King en el lugar donde lo mataron, habló sobre la influencia negra en México, tema muy interesante y de gran relevancia para los dos grupos, tuvo un gran impacto.

Esa comprensión entre chicanos y afroamericanos es algo que le interesa muy particularmente. Ya hemos evocado su estadía en Mississippi y cómo dejó la universidad al prohibírsele hablar de relaciones raciales. Usted tiene gran simpatía por dicha comprensión y relación.

Por supuesto. Me parece ser muy importante.

Ahora, por la cuestión del rebrote de los nacionalismos hay el peligro del enfrentamiento en los barrios, en las cárceles, ¿cómo ve usted eso?

Estoy totalmente en contra de eso. Sé que la idea de Jesse Jackson de reunir a la gente de color en la asociación Rainbow Coalition no ha tenido éxito, Víctor; no sé a qué se deba, si ha sido a que los grupos no han querido colaborar; ha sido un fracaso, no ha logrado . . .

Hay una parte de la población chicana en favor de esa coalición, pero también muchos que están en contra. Sin embargo aunque eso haya fracasado, ¿usted sí cree que se debe fomentar este tipo de alianzas? En cierto sentido eso es lo que practicaba César Chávez en su "unión", donde había chicanos, negros, filipinos, blancos, y ya desde el título de su canción-himno, "De colores".

Sí, es cierto. César Chávez logró reunir en su sindicato a muchos filipinos, y siempre los ayudó mucho; uno de los vicepresidentes del sindicato era filipino. Hay que fomentar esas relaciones entre los grupos raciales, para tener más poder político. Fíjese usted si se unieran todas las minorías en las elecciones, podrían elegir a cualquier candidato; aquí en California las minorías pierden las elecciones siempre porque se dividen, o no votan, o no les interesa quién gane. En Los Ángeles, por ejemplo, a pesar de que más de la mitad de los habitantes son latinos, en tiempos modernos no han tenido un alcalde.

Hemos ya mencionado a César Chávez y aquí recientemente hemos hecho un homenaje a Bert Corona con motivo de la presentación de su autobiografía; usted les ha conocido a los dos, ¿cuál ha sido su relación con estos líderes obreros y qué función ha tenido este sindicalismo dentro del movimiento chicano?

Antes de venir a California, esto es, desde que dejé Chicago, no tuve mucha relación con los líderes laboristas chicanos. Pero, por pura casualidad, ocurrió que Margo, la hija de Bert Corona, recibió el doctorado en la Universidad de Illinois, en el departamento de español, y estudió conmigo. Me acuerdo que escribió un trabajo sobre la mujer chicana en la literatura. Bert Corona iba allá a verla y siempre le invitaba para que nos diera una charla; eso fue a principio de los 70. En el libro *Memories of Chicano History: The Life and Narrative of Bert Corona*, de Mario García, Bert recuerda esas visitas. Yo, sin embargo, no tenía una visión muy clara de lo que Bert estaba haciendo aquí en California; lo conocía personalmente, pero no sabía exactamente cuál era su función, que ha sido muy importante; yo creo que equivalente a la de Chávez, aunque Chávez se dedicó a organizar solamente a los campesinos y Bert Corona a los obreros y a los inmigrantes. Lo que ha hecho mucha falta es un sindicato de los trabajadores en las grandes ciudades, por ejemplo en Los Ángeles.

Usted vio nacer el sindicalismo norteamericano en los años 30 . . .

Sí, antes de los 30 no existía el sindicalismo. Me acuerdo cuando John Lewis comenzó a organizar el CIO. Pero ocurrió que todos esos sindicatos no dejaban entrar ni a los mexicanos ni a los afroamericanos *[risa]*.

Así que ese gran movimiento sindicalista norteamericano entonces estuvo siempre lastrado por su pecado, o crimen, original: el racismo.

Sí, el único que ayudó un poco fue Saul Alinzky, allí en las empacadoras de Chicago, en el sur, y tuvo mucha influencia sobre Chávez, quien lo menciona; dice que de él aprendió cómo organizar a los campesinos. Como él hubo muy pocos, pues el sindicalismo norteamericano no se abría a las minorías; pero Chávez también tuvo mucha influencia de Gandhi, de quien aprendió el concepto de la resistencia pacífica.

De su trato con César Chávez y de su conocimiento de la unión, ¿qué cualidades destacaría en ellos?

Bueno, de César Chávez, su personalidad, su filosofía y su capacidad para organizar, aunque en los últimos años perdió un poco. Y luego su habilidad para congeniar con los políticos, con los Kennedy y, por ejemplo, con el gobernador Brown. Pero luego hubo un cambio con Deukmejian y entonces ya no pudo Chávez seguir adelante. Se le cerraron las puertas cuando no lo protegieron para organizar, por influencia de los Teamsters, que se oponían a que tuviera un sindicato separado de ellos.

Y luego también la inmigración masiva, indocumentada, rompió las posibilidades de organizar a los campesinos, ya que los rancheros tenían a su disposición toda la mano de obra que quisieran y sin ningún derecho por parte de los trabajadores.

Entonces estaba Chávez en contra de la inmigración, porque creía que las grandes masas de indocumentados les quitaban el trabajo a los chicanos.

Pero antes de esto, sí hubo un momento histórico y político en que las dotes personales de Chávez dieron un gran impulso no sólo a su sindicato sino a todo el movimiento chicano.

No hay duda, y es tal vez el chicano más reconocido en todas partes, no sólo en los Estados Unidos, sino en el mundo entero, porque no hay otro como César Chávez. Es la personalidad más conocida fuera de la comunidad chicana; lo único que falta es que le dediquen una estampilla postal.

Tuvo una gran capacidad inclusive para organizar; y también se adelantó en algunas ideas, sobre todo, en su campaña contra los pesticidas. Otros se están dando cuenta de ese peligro. Ahora que estuve en Chico me acaban de decir que les prohibieron allí pasar una película . . .

¿La de los efectos de los pesticidas sobre los campesinos recogedores de uvas: niños que nacen mutilados o deformes, campesinos que mueren de cáncer?

Sí, ésa. Chico es una región agrícola.

Ha sido una película muy efectiva, aunque un poco truculenta.

Truculenta, pero muy efectiva, y bien distribuida. En Palo Alto la estaban regalando frente a un supermercado, en versiones en inglés y en español.

En gran parte la hizo Lorena Parlee, profesora de historia mexicana que estuvo aquí por corto tiempo y luego abandonó la academia por el cine documental; supo plasmar en su película sobre el bello y sensual racimo de uvas, convertido, por la acción de los pesticidas, en un arma mortífera y que contribuyó a alargar el boicot contra las uvas, todavía vigente aunque mortecino, el cual quizá sea el más largo boicot en toda la historia del movimiento obrero.

También Lorena colaboró en otra película, *Ballad of an Unsung Hero,* y de vez en cuando veo en la televisión un documental chicano en donde aparece su nombre.

El protagonista de la película, Ballad of an Unsung Hero, *Pedro González, fue una figura muy popular, en los años 30 y 40, como locutor de radio y músico en Los Ángeles y en toda esta región. ¿Usted lo conoció?*

No [risa].

Esa impronta de la radio y los locutores, la música es otra vertiente del movimiento chicano . . .

Es otra vertiente que no se ha estudiado; la presencia de los mexicanos en los Estados Unidos de los 20 en adelante, después de la revolución: escritores, músicos, pintores, locutores, todo ese grupo que no ha sido estudiado. Es algo importantísimo porque han mantenido viva la cultura. La radio, el teatro, la música, la pintura, en sus manifestaciones populares, carteles, calendarios, y el periodismo porque casi todos los editores de la prensa son de origen mexicano, los locutores y los periodistas también. Y siguen manteniendo el español, siguen publicando en español y hablando en español. Y ahora la televisión por supuesto. Aunque ahora muchos ya no son mexicanos, son puertorriqueños, cubanos, pero está bien porque . . .

Entonces este fenómeno del resurgir de la cultura popular, por medio de los medios masivos, la televisión, la radio, el periodismo, es un gran cauce de ese río incontenible, que dice usted de la presencia de la cultura hispanoamericana en los Estados Unidos. Hoy en la universidad veíamos allí a este hombre con su puesto de burritos y una gran cola, oyendo, por la radio, sus canciones en español. ¿Cómo interpreta eso?

[Risas.] En la universidad, este hombre vendiendo burritos y oyendo música mexicana, y los que están comprando no comprenden el español, pero el ritmo de la música les interesa, aunque no comprendan las palabras.

El ritmo y el burrito, mientras que el puesto del competidor, que vende salchichas alemanas, apenas tiene uno o dos clientes.

Pero fíjese usted, en un programa de televisión le hicieron una entrevista a una profesora del Japón que había venido aquí a estudiar la cultura norteamericana. Le hicieron la pregunta, "¿Qué le parece ser lo más típico de los Estados Unidos en la comida, por ejemplo?" y dijo, "Ah, en la comida, los *hot dogs* y los burritos". No se daba cuenta de que el burrito es un producto que no es como el *apple pie,* tan americano [risa], sino que es la contribución de la cultura mexicana. Y usted, Víctor, se acuerda muy bien de aquella profesora francesa que pasó aquí con nosotros un verano estudiando la novela chicana y que todos los días se comía un burrito. No creo que en Francia existan, pero me dicen que ya hay Taco Bells.

Eso es un ejemplo digestible de lo que usted sostiene de que cuando se habla de la identidad americana, ésta no existe en estado puro, y que lo mexicano/chicano es un ingrediente, un elemento constitutivo de identidad nacional. Tenemos esto por un lado, por otro, cada vez hay un mayor resentimiento contra el inmigrante. ¿Qué conclusiones saca de esto?

Primero, creo que esa reacción es el resultado de la economía. Cuando hay desempleo, se culpa al inmigrante siempre. Cuando sube la economía se les olvida. Anoche se presentó un programa de una hora sobre el problema: la inmigración es incontenible, no la pueden detener. Todos los que dieron su opinión dijeron que era necesario no ofrecer servicio a los indocumentados, pero luego dieron un informe de un economista, según el cual lo que pagan los indocumentados en contribuciones excede a lo que se les da en servicios sociales; pero eso no se publica. Sólo hablan de lo personal. Los políticos usan esto para ser elegidos o reelegidos, porque saben que ha habido encuestas en que el setenta por ciento está en contra de los inmigrantes y están en contra de que les den ayuda en los hospitales y están en contra de que a los niños les permitan ir a la escuela.

Dígame usted, con tantos años en Estados Unidos, ¿qué opina de los políticos?

Bueno, como en todas partes, Víctor, hay buenos y malos. Algunos políticos son buenos, pero la política los corrompe durante las elecciones; una vez que han sido elegidos, cambian; se olvidan de lo que dijeron.

¿Recuerda usted a algún buen político?

Sí, Roosevelt, por ejemplo, era un gran presidente. Kennedy, por supuesto.

Entonces, ¿usted no condena a la política en sí?

No, hay muchos políticos corrompidos, pero no todos; hay algunos que tratan de ayudar, resolver los problemas del pueblo; no todos, por supuesto. Por ejemplo, cuando yo estaba en Chicago había una corrupción tremenda *[risa]*. La gran ciudad se presta para eso. El alcalde Daly, por ejemplo, tenía un aparato que no dejaba hacer nada; pero también hay algunos muy buenos. Si no hubiera, ¿cómo se explican el auge y el poder de Estados Unidos? No se podrían explicar.

Volviendo al programa de televisión en contra de los inmigrantes me ha dicho que había una ironía, ¿cuál era?

Había una gran contradicción en el problema que se estaba presentando; por ejemplo, dicen que a los mexicanos no les interesa integrarse a la cultura norteamericana, y en cambio todos los que estaban hablando en inglés eran mexicanos, ya nacidos aquí, que habían obtenido un puesto de policía o de agente de inmigración; pero se podía ver *[risa]* que eran mexicanos, y en cambio estaban hablando del peligro de esta invasión.

A mí me parecía una gran inconsistencia. Luego, otro decía que no es posible que esta gente pueda integrarse sin aprender inglés. "No aprenden inglés", decía él en inglés *[risa]* y él era mexicano, aunque ya no lo parecía. Y yo pensaba, bueno, los afroamericanos no hablan otra lengua sino el inglés, y en cambio la mayoría no progresa.

Esa característica hispánica, de que hablamos, la capacidad de inclusión, va a hacer casi imposible esa maniobra de exclusión que se prepara aquí.

El hispanoamericano casi nunca piensa en términos raciales; sociales sí, pero no raciales. Cuando yo llegué a Estados Unidos me fue incomprensible la actitud ante la diferencia racial; uno aprende, o acepta inconscientemente, la idea de ver separadas a las razas. En México no se separa a la gente. "¿Qué es usted?" Yo soy mexicano, no soy mestizo, no soy indio, no soy criollo, soy mexicano; pero aquí en Estados Unidos no. Ayer en el periódico se decía que todos somos americanos; pero tan pronto como te oyen hablar con acento te preguntan, "¿Qué es usted?" No es americano, aunque haya estado viviendo aquí más tiempo que el que vivió en su país, o el que le hace la pregunta. "No es americano, ¿de dónde viene usted?" *[risa]*.

Cuando me hizo la entrevista esta muchacha del *News Press*, hace dos días, me preguntó rápidamente, "¿De dónde es usted?" Yo no le había dicho, "Yo soy mexicano", ¿por qué me pregunta eso?, porque hablo el inglés con acento, y por lo tanto no soy "American". Para ser americano el proceso es doble; dicen, "No quieren ser", pero es que no somos aceptados como pertenecientes. Para poder eliminar las distinciones raciales todos tienen que ser aceptados como americanos y no andar preguntando, "¿Qué es usted?"

A pesar de estas manías y situación, ¿usted cree que es imposible que el latinoamericano sea ya excluido de esta sociedad americana, por mucho que haya esta reacción?

Es imposible. En primer lugar, todos somos americanos, del continente americano *[risa]*. México, por supuesto, es el país que colinda con Estados Unidos y es imposible que exista una frontera en nuestra época. Luego, las comunicaciones por avión. Usted puede venir de Buenos Aires, de Chile, de Guatemala, de donde sea, y en menos de un día ya está acá. Étnicamente tampoco es posible; no se puede excluir a un ser humano por el color de la piel o el modo de hablar, porque Estados Unidos es el crisol de todas las razas. Si usted me pregunta, ¿cuál es la cultura americana?, le contesto, no hay, es un mosaico de culturas; y la cultura mexicana, en California, es una de las más importantes. El mayor número de pasajeros del extranjero que llega por avión al aeropuerto de Los Ángeles procede de México.

Bueno, entonces le queda lo del idioma, lo del español . . .

Ah, lo del idioma *[risas]*. También, Víctor, mire, hay escuelas donde los niños judíos pueden ir a estudiar su lengua y sus tradiciones, y nadie se queja. Pero si hay una escuela donde vayan a aprender el español, entonces se preocupan porque, dicen, es un peligro *[risa]*, porque hay tantos mexicanos que están llegando. El *bilingual education* no lo iniciaron los chicanos, lo iniciaron los chinos de San Francisco que querían que les enseñaran en chino en las escuelas. Según la ley del *bilingual education* se tiene que ofrecer instrucción en la lengua nativa del estudiante si hay más de cierto número de alumnos.

Aquí, California, ¿no se estableció con el tratado de 1848 como un estado bilingüe?

No, no se habla de lenguas. Se habla solamente de religión. Usted puede mantener su religión, pero el tratado de Guadalupe Hidalgo no habla de lenguas, no dice que se puede mantener la lengua, y eso es un error que cometen muchos. Yo he leído el tratado, y no dice nada sobre la lengua; solamente dice que pueden mantener la religión católica.

Es verdad, ningún estado-nación, en el siglo XIX, impone una lengua en su constitución; de hecho, en casi todas las naciones se hablan varias lenguas. Aquí, en Santa Bárbara, y ya bajo los Estados Unidos, varios alcaldes hispanos o mexicanos debieron conducir su mandato en español.

Y en Nuevo México hasta ya muy tarde. La Constitución no dice que el inglés es la lengua nacional: no hay una lengua nacional, aunque querían pasar, últimamente, una enmienda a la Constitución para que el inglés fuera la lengua oficial; pero es imposible. Como usted ha visto, aquí en California el inglés es la lengua oficial, y más y más se habla español.

No ha servido para nada aquella ley del "English Only".

No ha servido para nada; todo se publica en español y en inglés. Ayer, o hace dos o tres días, creo que alguien se quejó de que los empleados, donde él trabaja, estaban hablando en español. Quiere que les prohiban hablar español en el trabajo *[risa]*; pero es imposible; no se pueden pasar leyes contra las lenguas. Ni Mussolini pudo.

15

DIÁLOGO EN LAS DELICIAS

Fuera del ámbito cerrado del despacho de la universidad o del íntimo en la sala de estar de su casa, nos encontramos aquí en el restaurante/panadería Las Delicias. Estamos ante un momento muy crítico de la historia de México, en estas vísperas de las elecciones presidenciales de agosto del 1994. He creído conveniente hablar de esto aquí, en este lugar, que respira y rebosa la vida del pueblo [como fondo, el ininterrumpido murmullo, como las olas del mar, chocando en la grabadora, de las voces de las meseras y del público, el sonido de la caja registradora, el olor de la comida calientita], los empleados, los clientes, gente trabajadora. Usted en una ocasión me dijo del pueblo mexicano, lo que ya había dicho Antonio Machado respecto a España, que lo mejor era el pueblo, la gente, ¿recuerda que usted dijo eso también respecto a México?

Sí, no hay duda, el pueblo mexicano es un pueblo muy sufrido, desde siempre; durante el porfiriato el gobierno no ayudaba al pueblo; la política oficial, en manos de los llamados "científicos", consistía en querer poner en práctica conceptos europeos como el positivismo y el darwinismo; se quería hacer de México un país como Francia; los indígenas, el pueblo, eran un impedimento. El resultado fue un estallido social, la revolución de 1910. Se creía que México iba a cambiar, pero han pasado ochenta y cinco años y las condiciones no han mejorado en cuanto al pueblo. Han mejorado, no hay duda, para la clase alta y la clase media; pero el pueblo, sobre todo los campesinos y los indígenas no han mejorado. Ésa es una de las razones que alienta a tanto campesino a venirse a Estados Unidos, como dicen, para buscar una mejor vida; pero ¿por qué no se hace algo en México para que no vengan? . . .

Bien, estamos ahora en vísperas de estas elecciones. En estos últimos meses del gobierno de Salinas hemos visto una sucesión de acontecimientos dramáticos: la rebelión zapatista en Chiapas, el asesinato de Colosio y otros sucesos que ponen de evidencia turbios manejos y un gran malestar político-social en el país. Parece ser que el monopolio del PRI apunta a su final. ¿Qué ve usted que saldrá de estas próximas elecciones? Ya sé que usted insiste en que nunca se puede predecir el futuro y que la historia viva, multiforme, siempre rebasa todo pronóstico, pero ¿cuál sería su análisis?

Tiene usted razón. Hace seis años, ya comenzaba el malestar, y eso se debió principalmente a la campaña de Cárdenas, Cuahtemoc Cárdenas, que él mismo pertenecía al PRI, pero se retiró. Una posibilidad hubiera sido que Cárdenas mismo y otros hubieran reformado el PRI, desde adentro, pero no ocurrió así. Cárdenas se separó; no sé si intentaron la reforma o no, no sé; parece que no la intentaron; pero de todos modos el partido de Cárdenas parece que ganó las elecciones; en el Distrito Federal no hay duda que las ganaron. En cuanto a toda la República, no sabemos con seguridad; sin embargo la opinión pública insiste en que Cárdenas ganó. Hoy mismo, en el periódico local, *Nuestro Tiempo,* Santana dice que Salinas ha gobernado seis años en un gobierno ilegítimo, porque no ganó, le robaron las elecciones a Cárdenas; bueno, no se sabe con seguridad. En el futuro sabremos si es cierto o no. De todos modos, ya comienza la desintegración del PRI. Recuerdo aquella famosa conferencia que organizó Octavio Paz, a la que invitaron a Mario Vargas Llosa, quien dijo que el PRI era una dictadura perfecta; y eso también lo dice Santana *[risa].*

Bueno, estamos ya en vísperas de las nuevas elecciones, yo que en los últimos dos años he viajado por México, veo que la gente tiene un gran deseo de cambio, hay un gran desencanto, la gente quiere cambio, aunque en el panorama político, con nueve partidos—la mayoría de ellos sin verdadera representación política—que se presentan a las elecciones, las opciones del cambio no están claramente delimitadas. Entonces, ¿qué cree usted que va a pasar el domingo? Vamos a especular un poco.

[Algunos de los clientes sentados cerca de nosotros agudizan la oreja; la presencia de la grabadora y el ethos de la figura de don Luis dan al acto un aura de programa televisivo en vivo, con una personalidad del mundo de la política.]

Lo más probable es que gane el PRI; eso es lo más probable, porque los otros dos partidos, el de Cárdenas y el de Fernández no tienen el aparato para gobernar. Ahora bien, si no gana el PRI, vamos a suponer que no gane el PRI, que gane el PAN o Cárdenas, el PRI va a ganar en los estados.

En varios, no en todos.

Sí, en algunos no van a ganar, pero en la mayoría van a triunfar. Entonces no van a poder gobernar, ni el PRD de Cárdenas ni el PAN . . . porque no tienen el aparato; claro eso no justifica que gane el PRI.

El aparato del partido-gobierno es muy fuerte; algo parecido a eso que en la extinta Unión Soviética se llamaba la "nomenclatura" o como en China con su aparato del poder gubernamental dominador, tan fuerte; ahora, precisamente lo que la gente está cansada de y en contra es de ese aparato del poder del PRI. ¿No cree que se podría desplomar en estas elecciones?

Si gana el PRI, muchos no van a creer que las elecciones fueron legales. Bueno, puede ser que gane legalmente, puede ser, porque el voto de los otros partidos está dividido, son nueve. Pero, existe una opinión unánime en que no quieren la violencia; todos los candidatos dicen, "No queremos la violencia". Pero no hay duda de que hay posibilidades, no, no . . . , en algunos estados, no en general, sería una revolución como la de 1910 que fue general. En algunos estados, como Chiapas o Michoacán, puede haber descontento y que tomen las armas, pero no va a ser una revolución como la del 10, ¿verdad?

Otra posibilidad es que el PRI se reforme; si gana y comienza una reforma inmediatamente, el pueblo verá que es posible el cambio. Y no sé si usted ya sepa que hay un nuevo grupo de intelectuales que se llama el "Grupo de San Ángel", no sé si habrá oído hablar de este grupo, en el cual están Carlos Fuentes, la mayor parte de todos los intelectuales, no sólo escritores sino de todas las áreas; pero es un grupo que no incluye al pueblo [risa].

En cuanto al pueblo, ¿cómo ve usted las posibilidades de su propia organización y representación política? ¿Cree usted que es posible esa reforma del PRI que usted ve como salida? ¿No hemos visto que a Colosio lo asesinaron, parece ser, por ese intento de una reforma desde dentro del partido de gobierno? Hay zonas muy oscuras dentro de la organización, como todo el sector de la justicia y de la policía, vinculadas al crimen. . . .

Bueno, otra solución sería una revolución, pero no es posible en estos días, por una razón muy sencilla: las armas, porque Estados Unidos favorece la estabilidad económica y política, sobre todo ahora con el Tratado de Libre Comercio, y no les venderían armas a los revolucionarios.

No dice nada Estados Unidos sobre estas elecciones, ¿verdad?

No dicen nada, no quieren intervenir, pero sin embargo, por primera vez en la historia de México, representantes de todas las naciones estarán presentes para observar las elecciones. Si gana el PRI, que invite a Fernández y a Cárdenas para colaborar y hacer un gobierno nacional, darles puestos en el Gabinete para que haya unidad y evitar la violencia. Yo creo que eso sería lo mejor.

Hay también el aspecto de los zapatistas en Chiapas; un movimiento que ha prendido mucho en la imaginación popular, en todo México, pero veo hablando con usted del tema que no tiene mucha fe en . . .

No, no es que no tenga fe [risa] en los zapatistas, es que no creo en la posibilidad de que un grupo tan pequeño, porque no ha aumentado, pueda cambiar las cosas. Hay un dicho en inglés, no sé si exista en español también, que dice: la cola no puede mover al perro [risa].

Sí, no cree usted entonces [risa] que esa cola crezca y se convierta en todo un nuevo perro, contando con todo el apoyo popular, indígenas . . .

Bueno, no, porque todos los candidatos han dicho que no quieren que haya violencia.

No digo por la violencia, pero que eso se convierta en un movimiento político que se extienda a otros estados . . .

No, lo dudo mucho, porque sus problemas son locales, no nacionales. No tienen un programa para resolver los problemas de México, los nacionales. Es cierto que los indígenas de Chiapas y otras regiones han estado abandonados desde la conquista, sin tierra y sin recursos económicos; el problema de la tierra, por el cual peleó Zapata, no ha sido resuelto. Los grandes problemas que ahora tiene México, económicos, políticos, internacionales, son tan complejos que no creo que puedan ser resueltos por un grupo tan pequeño.

Y esa convención nacional democrática que ha surgido de esta última asamblea pre-electora que han tenido los zapatistas. ¿No cree usted que eso . . . ? Me acuerdo hace poco en mi vista a Noruega con motivo de la conferencia sobre cultura popular en América Latina, Heraclio Zepeda nos hablaba de este movimiento en Chiapas como el surgir de una nueva alborada en México.

No, esa asamblea se celebró en la selva, donde no admitían las cámaras, aunque yo vi unas fotografías *[risa]*, alguien se infiltró.

Bueno, esto nos lleva a otro tema, ya que muchos de los simpatizantes y hasta de los integrantes de esta guerrilla de la época posmoderna (con sus máscaras, sus faxes y mensajes en E-mail) proceden de esa izquierda mexicana, de la cual usted no ve, que en estas conversaciones haya elogiado mucho o hablado de ella, quizá porque ha sido una izquierda, hablando muy en general, muy manipulada por el discurso marxista dogmático (stalinistas, trotskistas, maoistas), y que no ha tenido mucho . . .

Me supongo que usted quiere decir que no ha tenido mucho éxito, y tiene razón, no lo ha tenido. Yo creo que el pueblo mexicano rechaza todo partido dogmático. Yo creo que eso es lo que pasa. Sí, y creo que han hecho bien porque hemos visto que en la Unión Soviética fracasó la idea, y en España también, ¿no? Bueno, no totalmente como en Rusia.

En España no hubo una revolución como en Rusia.

No hubo una revolución rusa, pero el socialismo, en la república, puso en efecto algunas de sus ideas políticas. El marxismo en México fue muy limitado, con pocos líderes, como Lombardo Toledano, Diego Rivera, y otros, quienes no lograron convencer al pueblo de que era la solución para México. Porque, bueno, la razón era que ya la revolución había creado lo que se formó después y es un partido que ya ha gobernado por sesenta y cinco años.

Ha tenido cosas muy positivas, la izquierda marxista mexicana, pero ahora parece que ya . . .

Han llegado a su fin, porque no han sabido evolucionar, no han sabido adaptarse a las nuevas condiciones.

¿Qué me dice de Zedillo? ¿Qué ve usted en la figura del sucesor de Salinas?

[Risa.] Mire, Víctor, en México el candidato seleccionado por el PRI es siempre una sorpresa. Nadie creía que Lázaro Cárdenas iba a hacer lo que hizo, esto es, seleccionar a Ávila Camacho, persona totalmente distinta a Cárdenas. La gente se preguntaba, ¿Cómo es posible que Cárdenas haya seleccionado a Ávila Camacho? Salinas selecciona a Colosio, que estaba muy bien, pero luego selecciona a Zedillo y otra vez la gente dice, "¿Cómo es posible?", porque era desconocido; fue secretario de educación, pero no había hecho nada extraordinario para que fuera seleccionado como candidato. Pero es que no sabemos cómo va a gobernar, puede ser una gran sorpresa *[risa]*.

Bueno, ya para terminar, aquí en Las Delicias ya han terminado de servir, se nos echa encima este gran acontecimiento, se viven grandes momentos de tensión en México, ¿qué esperaría usted para el futuro político inmediato?

Yo lo que creo es que ganará el PRI. Espero que si gana lleve a cabo una reforma inmediata, con la colaboración de los candidatos principales, Cárdenas y Fernández, con el objeto de evitar una ruptura en el desarrollo económico y político de México y, más allá, de la violencia, porque no conviene hoy que surja una nueva revolución.

Claro que esto deja un poco fuera el gran problema social, de todos esos millones de seres marginados por el actual sistema socio-político.

Eso sería el resultado de las elecciones, de quien gane; si gana Fernández sabemos que no va a haber cambios sociales; si gana Cárdenas sí. Cárdenas sería, entonces, el candidato del pueblo. Fernández sería el candidato de la clase media, la iglesia católica, y los interesados en el progreso económico. Y el PRI sería el que puede gobernar mejor porque tiene el aparato. Porque la mayor parte de los gobernadores van a ser del PRI, la mayor parte de los cabildos, presidentes municipales . . .

¿Pero cómo democratizar a un sistema de gobierno como el del PRI tan vinculado a la dominación autocrática?

Por eso digo que eso es lo que yo deseo, que el PRI se reforme; sobre todo, una de las grandes reformas sería que los candidatos de los estados, de gobernador abajo, sean seleccionados por el pueblo en su estado natal, no en México. Pero eso es un problema que viene de la colonia, la centralización, ¿verdad? México heredó un gobierno centralizado de la colonia, y las guerras de la independencia fueron para decentralizar, y sin embargo, no se pudo hacer el cambio . . .

Veo que su posición política en esto está entre la de Octavio Paz y Carlos Fuentes. Octavio Paz creía mucho en esta apertura democrática desde el PRI, pero es muy significativo que en los últimos meses está callado.

Sí, muy callado.

Y, Carlos Fuentes continúa, como usted, abogando por la democratización, pero ataca más al PRI y a la clase política en el poder, su confianza está en el fortalecimiento de la sociedad civil.

Sí, porque yo estoy acá, él está allá *[risa]*. Él está al tanto de los defectos del PRI, yo no.

Esto es lo que había pensado yo, que usted está muy identificado, involucrado, con la vida cultural de México; en una dimensión que va más allá de la política y quizá por eso . . .

Exactamente, yo siempre había estado muy al tanto de la vida cultural y literaria en México, hasta últimamente que me he puesto en contacto con algunos políticos, y conocí a Zedillo, y otros, como resultado del galardón del "Águila Azteca". Y este resultado fue una coincidencia de que México trató de organizar esta secretaría para ayudar a los mexicanos en el exterior y cuando vinieron aquí para enterarse de sus problemas, entonces me puse en contacto con ellos; pero eso es muy reciente, y sólo conozco a algunos del grupo del liderato del PRI, no a todos. No conozco a ningún militar, por ejemplo *[risas]*.

Podemos decir, entonces, que su identificación y preocupación principal es con este México que vive su intrahistoria, que sigue . . .

Mi preocupación es que siga adelante, porque México tiene una gran vitalidad, y que sea bien encauzada esa vitalidad, no hacia la opulencia, sino hacia el beneficio de la gente, del pueblo.

Y que esa vitalidad algún día acabará imponiéndose a la dominación, a la corrupción . . .

Eso espero, eso espero.

Muy bien, entonces éste es un buen lugar para afirmarnos en la resistencia, la imaginación y la esperanza del pueblo mexicano. Aquí, rodeados de niños, de pan dulce, y de voces . . .

[Risa.] Y de arte popular. El sábado, en Los Ángeles, cuando asistí a la ceremonia del "Águila Azteca" para Luis Valdez, en su discurso al aceptar la medalla, éste dijo que aquí en California se sentía como si estuviera en México.

[Corroborando esto, las ondas de La Musical, emisora de radio de Santa Bárbara, llena el espacio con una canción mexicana, "Y volveré . . ."]

Yo viví muchos años en Chicago, en Illinois, y allí verdaderamente se siente uno muy retirado de México, muy retirado. Pero aquí en Santa Bárbara y Goleta, no, aquí parece que está uno en México. Aquí podemos comer en cualquier restaurante mexicano, ver gente que acaba de llegar de México, y convivir con el arte popular. Aquí, por ejemplo,

[en el dibujo del escaparate de Las Delicias]

tenemos nopales y unas tunas, símbolos importantes en México, y la Virgen de Guadalupe

[pintada en un rincón de la pared]

y las comidas: las tortas, las enchiladas

[y sigue leyendo el cartel del menú, pintado en la pared]

los alambres, los taquitos, la carne asada; todo esto crea un ambiente muy mexicano; parece que está uno en Guadalajara, o en cualquier parte de México. Y los símbolos, iba a decir, del nopal y el cacto, que son los mismos que usa Michener en su novela *Mexico*, en la cual, a propósito, la familia central es una familia Leal *[risa]*; pero son toreros *[risa]*. Según Michener, el cacto es la planta cultivada más antigua. Los aztecas ya la cultivaban, y de allí sacaban las bebidas, sacaban el papel para escribir. El maguey es la planta que simboliza la cultura mexicana del pueblo.

Y el hecho de que está ahí, pintada en este cristal, ¿usted cree que la joven esa, que está ahí, sabe esto o no importa que lo sepa?

Bueno, inconscientemente hay algo, hay algo de eso. ¿Por qué el artista escogió ese nopal y esas tunas? ¿Por qué los escogio? En mi casa tengo un nopal enorme, enorme, y está lleno de tunas *[risa]*; una vez vino a visitarme un francés de Bordeaux, y quiso comerse una tuna; "¡Ay!", se espinó la boca *[risas]*. Alfonso Reyes, en uno de sus ensayos dice que en México predominan las plantas con espinas, para defenderse, y que eso ha tenido influencia sobre el mexicano; que el mexicano es una persona que se defiende, que no se abre, como dice Paz *[risas]*.

Algo de esto lo experimento yo en el asedio a su intimidad en estas conversaciones. Quizá me lo dice también para indicar que cerremos la conversación de hoy.

[Al salir, la joven que está en la caja, quizá influida por el despliegue de la grabadora y el corrillo de curiosos que volvía sus miradas a nuestra conversación, le dice a don Luis: "Yo le conozco a usted, le he visto en un programa de televisión".]

Víctor, eso me recuerda una experiencia que me ocurrió aquí en Las Delicias sobre la cual escribí una prosa que le voy a leer; se titula

El sarape de Las Delicias

Eran las tres y media de la tarde cuando llegué a Las Delicias, el cafetín mexicano en la calle Fairview, en la plaza real de Goleta. Había quedado de reunirme con mi estimado colega Francisco Lomelí, con quien acostumbraba tomar un café con pan dulce a esa hora. Francisco no llegaba y decidí tomarme mi café sin su compañía.

Apenas daba el primer trago cuando oí a mis espaldas una voz femenina que me decía:

—Usted es escritor, ¿verdad?

—Bueno— le contesté, ya en su presencia —escritor escritor es un decir. Sí, es verdad que de cuando en cuando publico algo, pero de ahí a ser escritor hay un gran trecho. Me gusta más decir que soy académico ("¡de los académicos, líbranos Señor!"), que enseño en la universidad local. Pero, dígame, ¿cómo me reconoció y cómo sabe que soy escritor? ¿Ha leído usted algo mío?

—Sí, ya lo creo. He leído algo suyo y, además, le oí dar una conferencia en la universidad sobre el Día de los Muertos, que me encantó. Pero perdóneme, mis amigas me están esperando para tomar un refresco.

—La joven que me había reconocido—¿mexicana? ¿chicana?—morenita, ni alta ni delgadita, me dejó con la curiosidad de saber cuál de mis libros o ensayos había leído. Estaba para salir—Francisco no llegaba—cuando la joven volvió y se sentó en mi mesa.

—Pues sí— me dijo —he leído algunos de sus poemas.

—¿Mis poemas? ¿En dónde?

—En un libro que le dedicaron, con un retrato suyo en la portada, dibujado por un tal José Montoya.

—¡Ah, vaya! Debe de ser el número de la revista *La Palabra* que Justo Alarcón y Francisco Lomelí me dedicaron hace algunos años y donde aparecen algunos poemas míos.

—Sí, ése es. Lo encontré en la Colección Tloque Nahuaque en la biblioteca de la universidad.

Yo no podía creerlo. Era la primera vez que alguien me decía que había leído mis poemas. Por curiosidad, le pregunté:

—Y dígame, ¿cuál de mis poemas le gustó más?

—Ah, sí, ése que se llama "El sarape".

> *[qué delicia*
> *qué satisfacción*
> *qué euforia . . .]*

—Quiere usted decir, "El sarape de la existencia".

> *[qué alegría*
> *ser parte del sarape*
> *de la existencia]*

—Sí, ése precisamente.

> *[en el sol*
> *en la fiesta*
> *en Las Delicias]*

—Y dígame, ¿por qué le gustó "El sarape"?

> *[entre risas*
> *entre olores]*

—Por los colores.

—¿Los colores?

> *[a pesar de las molestias*
> *del día]*

—Sí, porque tiene muchos colores.

> *[de los ratos amargos*
> *y los sinsabores*
> *qué alegría*
> *qué euforia.]*

—¿Muchos colores?

No me contestó. Sus amigas la llamaban. Tenían que apresurarse. Si no, llegarían tarde al juego de tenis. Y me quedé con la curiosidad de preguntarle que al decir "porque tiene muchos colores" si se refería al poema o al sarape. Pero me quedé con la curiosidad insatisfecha, de saber cuando menos su color favorito, o su nombre.

> *[a pesar de las molestias*
> *y los sinsabores*
> *del pan dulce*
> *y el café con leche.]*

16

BALANCE DE UNA OBRA CRÍTICA: "YA TENEMOS VOZ"

Ahora que acaba el verano y estas conversaciones, ¿qué le parece si lanzamos una mira-
da retrospectiva, pero también abierta al presente y el futuro, a su obra como crítico de
la literatura y de la cultura? Hoy en día con la crisis de los estudios literarios hasta
algunos críticos famosos, ya en el pináculo de sus carreras, cuestionan la posibilidad del
estudio de la obra literaria. Unos se desdicen de todo el aparato de interpretación críti-
ca, limitándose a decir que con la obra literaria hacen lo que quieren; otros vuelven a
aquello de la incapacidad del crítico ante la obra, ante la cual todo acercamiento críti-
co es imperfecto, pues piensan que la obra artística tiene algo de inefable, de genial, y
que frente a ella todo asedio es incapaz. En esta coyuntura, ¿cómo ve usted la función
del crítico?

Bueno, hay varias teorías sobre la función del crítico; una de ellas es la que, como usted dice, argumenta que una obra no se puede criticar porque lo único que el crítico está haciendo es reproducir las ideas y que no las puede expresar mejor que el escritor. Esa actitud viene generalmente de los escritores, quienes dicen que una poesía nadie puede analizarla porque la destruye. Lo que no ven es que, si bien es fácil reproducir el contenido, no lo es reproducir la forma. Es por esa razón por lo cual rechazo esa teoría. Sin embargo, hay otra teoría según la cual la críti-ca es también creación, basándose en que la obra constituye solamente el punto de partida sobre el cual el crítico crea su propia obra.

Una función no menos importante del crítico es dar a conocer la obra y hacer resaltar aquellos valores que tenga, para que el lector pueda apreciarla mejor. Algunos se preguntan, ¿Cómo es posible que los críticos se contradigan muchas veces y cam-bien de opinión?; la pregunta se puede contestar diciendo que si determinado crítico ve algo diferente en una obra, se debe a que su trasfondo cultural le capacita para ver aquello que otros no ven. Por ejemplo, cuando un crítico de aquí de Estados Unidos publicó un libro sobre Alfonso Reyes, al leerlo, Reyes dijo: "¿Cómo es posible que éste sea yo?" No se reconocía porque el crítico, desde otra perspectiva, había visto cosas en la obra de Alfonso Reyes de las cuales él no se había percatado.

Ahora bien, ¿qué pasaría si no hubiera crítica?, ¿qué harían los autores?, ¿quién daría a conocer sus obras? Por supuesto, hay limitaciones en el crítico; se forma un canon y ya no se permite que otras obras entren a formar parte de él, y es muy difícil que un crítico pueda agregar a ese canon, porque tendría que ser primero una persona que estuviera al tanto de toda la crítica para decir que cierta obra es superior a otra ya en el canon, lo cual me parece imposible. Sin embargo, también ocurre que los críticos no se dan cuenta del valor de una obra y no es hasta mucho después cuando reconocen que la obra tiene valor. Otra idea es que el crítico valora la obra literaria de acuerdo con los valores culturales de su época; en el siglo XVIII a Cervantes no le daban ningún crédito. A Góngora en el siglo XVIII se le desconocía. A propósito, en nuestro siglo Alfonso Reyes fue el primero que escribió sobre Góngora, antes que Dámaso Alonso; esos críticos revaloraron la obra e hicieron famoso el autor o, más bien, iniciaron el renacimiento de su obra. ¿Por qué? Yo creo que la obra literaria no es un objeto absoluto, tiene valores de acuerdo con la época en que se escribe.

Más o menos está usted en la línea del posestructuralismo, de muchas de las teorías actuales que rebasan la crítica textual que hizo del objeto artístico como una cosa autónoma.

Había un crítico de literatura italiana en la Universidad de Illinois, cuando yo enseñaba allá, que hacía esto: a los estudiantes graduados les decía, "Si usted quiere estudiar conmigo, usted no puede estudiar con otro profesor, porque mi crítica es la única". Como texto usaba su propia obra, una historia de la literatura italiana en cuatro tomos en la cual no menciona a ningún crítico [risas]. Creía que su crítica era la verdadera, que no había otra.

Hoy reconocemos que la obra es polisémica, se le puede dar muchos sentidos. Bueno, como ya hemos hablado, usted a lo largo de su larga carrera, ha venido actualizando su crítica y manteniéndose, casi siempre, en la actualidad crítica. Ése es, yo creo, uno de los méritos de su labor como crítico. Esto quizá es parte de su concepción positiva y activa que ha tenido usted del crítico. Nunca se ha sentido como alguno de esos críticos, que llega un momento en que ve que sus enfoques ya no trabajan y dicen, cuando ya han hecho toda una carrera, "Bueno es que la obra literaria no se puede interpretar". Usted siempre ha tenido una concepción clara de lo que aporta la obra del crítico y de la función del crítico.

Como usted sabe, Víctor, es que yo he pasado por varias épocas [risa], con tantos años de enseñanza, y mi formación inicial fue casi positivista, en el sentido de que era necesario que tuviera mucho cuidado del dato, de las fechas [risa], de todo; pero pronto esa crítica positivista es descartada y viene otra. El primer cambio que sufrí fue en la Universidad de Chicago cuando llegó Amado Alonso, en 1940; ese gran cambio del positivismo a una nueva crítica, la de su libro sobre Neruda, y ese acercamiento a la literatura, muy distinto al otro que sólo se fijaba en los valores objetivos, lingüísticos. Alonso, en cambio, no hacía caso de ellos, sólo en los valores estéticos y las relaciones con el autor. Pero yo ya conocía más o menos esa crítica, porque con

Alonso en Buenos Aires, en el Instituto de Filología, había estado Henríquez Ureña, Pedro Henríquez Ureña, y había leído las conferencias que había dado en Harvard; pero no abandona totalmente el positivismo, su interés en las fechas, sobre todo. Ése fue el segundo paso, luego el tercer cambio, Víctor, vino cuando fui a Illinois, que ya comenzaban allí con los libros de Northrop Frye y esa nueva tendencia de la crítica, el acercamiento mítico a la obra, y esos otros procedimientos; allí sufrí otro cambio, pero sin descartar todo lo anterior; mi cambio ha sido acumulativo, he adherido. Y en Illinois también; cuando el estructuralismo estaba en su apogeo, lo estudié y lo usé como método en algunos seminarios. Todavía, últimamente, ahora que estuve en Stanford, donde tienen una librería en la que encuentra usted todo libro de crítica, comencé otra vez. . . . Así es que mi crítica, puede usted decir, que es ecléctica, más o menos; no me agrada el término ecléctico, pero es verdad que no he rechazado lo anterior. Sin embargo, creo que hay un común denominador a través de todo, y es mi interés en la historia . . .

Eso es muy importante porque casi siempre que se escriben historias de la literatura se hacen divorciadas de la historia. Entonces usted vio esa aporía . . .

Sí, en 1973 publiqué un estudio sobre literatura chicana cuyo subtítulo era "una perspectiva histórica", ya que trataba de relacionar la literatura y la historia, o sea, la literatura con la influencia de la cultura y de la historia. Eso ha sido una de las constantes en mi crítica, que no he abandonado, no sé desde cuándo, porque siempre me ha interesado la historia y sus relaciones con la literatura.

Y, más concretamente, con el ejemplo de su caso, ¿cómo ve la función del crítico?

Ya lo he dicho. La labor del crítico para mí es acercarse a la obra literaria con una actitud abierta, sin decir, "Bueno, este autor es muy malo y no voy a leer su obra".

Usted no cae en lo valorativo, peyorativo.

Eso es. No hay que caer en lo valorativo y decir, por ejemplo, "Éste es un autor chicano, no puede tener valor" *[risa]*. No hay que irse por los forros, hay que ver si la obra tiene valor o no. Cuando un crítico dice que cierta obra tiene valor, ya está haciendo un juicio valorativo; lo que quiero decir es que no hay que rechazar una obra sin leerla, cuando menos, para ver qué ofrece. Eso es primero; en segundo lugar, darla a conocer para que otros puedan tener una idea al acercarse a ella desde su perspectiva; su punto de vista no va a ser el único; es nada más uno, y es necesario dejar abierta una ventana para que otros expresen sus juicios. . . . El crítico no puede ser negativo; vea, leí el domingo una reseña de un libro de poesía sobre el cual decía el crítico: "Este libro parece que fue escrito por una computadora" *[risa];* y es un libro de poesía; de allí en adelante quien se entere de ese juicio no va a leer el libro. A lo mejor tiene algún valor. Ahora ¿qué queremos decir cuando decimos, "No tiene valor", o "Sí tiene valor"? Ahí está el gran problema porque ¿cuáles son los valores de la obra?, puede ser un valor lingüístico, puede ser un valor estético, puede ser un valor ético, social, económico, etc.

Por ejemplo, hay un escritor, creo que es boliviano, sobre quien, en la Universidad de Illinois, nadie quería escribir una tesis, porque decían, "No, es un novelista social". Tenía un estudiante que quería estudiar a ese autor y le dije, "Sí, estúdielo", y escribió una buena apreciación de los valores sociales que encontró en sus novelas.

Bien, seguiremos con lo de la función de la crítica, por ejemplo no hemos hablado del gran papel del lector en esta apreciación, pero me he fijado que en su larga trayectoria de crítica, estaba yo pensando que son ya cincuenta años, desde aquel apéndice bibliográfico que contribuyó usted al libro de Castillo, de 1944, y estamos en el 94 . . .

Es verdad, Víctor, no me había dado cuenta *[risas]*.

así que cuando se habla de cincuenta años, aunque no sean exactos, para fijar la gran longevidad de una obra, en su caso sí podemos redondear esa fecha y este año podríamos decir que marca los cincuenta años, sus bodas de oro, con la crítica literaria, aparte de lo que hiciera ya antes de 1944.

Sí, había ya publicado algunos libros de texto y algunos artículos, pero le voy a contar la historia de ese apéndice . . .

Que me he dado cuenta que estaba dentro de la crítica positivista, muy detallado y preciso, prolijo . . .

Sí, ésa era mi técnica, la aprendí mucho de un profesor en la Universidad de Chicago; era de Laredo, se llamaba Salomón Treviño; enseñaba fonética, pero, a veces se metía en la literatura también y yo estudié un curso con él y nos hizo escribir un trabajo muy meticuloso; teníamos que ser muy precisos *[risa]*. Volviendo al apéndice, el director de mi tesis doctoral fue el profesor Carlos Castillo; algunas de mis primeras publicaciones se debieron a él; por ejemplo—creo que ya le conté esto—Sears había regalado la *Enciclopedia Británica* a la Universidad de Chicago; entonces nombraron a Castillo como asesor de lo hispanoamericano, y me pidió que escribiera varios artículos; a él debo que haya colaborado en esa enciclopedia.

En esa época en las escuelas superiores se enseñaban las lenguas, pero se había llegado a la idea de que en dos años de estudios no se les podía enseñar a hablar a los estudiantes, pero sí a leer, por lo cual decidieron concentrarse en la lectura. Los profesores idearon un método que había sido puesto en práctica en la India, Víctor, para enseñar el inglés a los hindúes, que se llabmaba "Basic English". Se trataba de aprender un vocabulario de ochocientas palabras, suficientes para poder leer libros escritos con esas palabras. Aplicaron ese sistema a la enseñanza de las lenguas en Estados Unidos y se comenzaron a publicar libros para enseñar a leer; pero tenían que ser editados en ochocientas palabras *[risa]*. Castillo y Otto Bond, profesor de francés en la Universidad de Chicago también, fueron nombrados, por Heath and Company, editores de una serie de libritos de texto escritos con vocabulario limitado. Castillo me pidió que preparara algunos de la serie en español, porque había también una serie en francés, otra en italiano y otra en alemán. El primero que preparé se llama, *Cuentecitos;* no eran míos, eran cuentos seleccionados y reducidos a un vocabulario limitado. Luego a Castillo se le ocurrió la idea de publicar una *Antología de la literatura mexicana* y me dijo que yo la hiciera con él; la estábamos preparando—yo preparé la bibliografía y algunas de las otras entradas—cuando tuve que ir al ejército. Le dejé la bibliografía a Castillo y él publicó el libro; si no hubiera sido por la guerra hubiera aparecido como co-autor de esa *Antología.* Fue muy bien reseñada y los críticos siempre mencionan la bibliografía.

Aquel intento de enseñar con ochocientas o dos mil palabras fracasó, pero lo que no se ha resuelto todavía en los departamentos de español en las universidades es la cuestión de la enseñanza del idioma y el estudio de las obras literarias. Muchos de los estudiantes lo que quieren es aprender español y luego les ponemos a leer literatura española de la Edad Media o del Siglo de Oro, que apenas comprenden . . .

Bueno, ese sistema de lectura, Víctor, cambió totalmente después de la guerra; en el ejército pusieron en práctica un método para enseñar conversación; pasaron de un extremo a otro extremo: de la lectura a la conversación; ya no se leía, todo era conversación, y las lecturas se olvidaron; pero es que las lecturas, usted tiene mucha razón, eran libros que no interesaban al estudiante. Estábamos en pleno siglo XX y se leían, me acuerdo, libros como *El sombrero de tres picos* de Alarcón, *La barraca* de Blasco Ibáñez, pero tenían que ser editados para que los pudieran leer; y luego, en un nivel más alto, cuando les daban a leer a Góngora *[risas]*, a Calderón de la Barca, entonces se perdían; y luego más con la Edad Media ¿verdad?

¿Y cuál es su opinión de ese enfoque?

Fíjese usted que hubo un gran cambio. Antes, me acuerdo, no se podía escribir una tesis doctoral sobre un autor vivo; se ha ido ganando algo; ahora puede usted leer los últimos libros; antes no, no se podía leer, en la enseñanza universitaria, una novela que se acabara de publicar, no se podía leer.

Entonces su orientación hacia la crítica mexicana y la crítica contemporánea iba un poco hacia ese sentido, ¿no? Consciente de ese desfase entre lo que les pudiera interesar a los estudiantes y lo que se les obligaba a leer.

Eso es. Personalmente, yo siempre he seleccionado las obras que creo que el estudiante debe de leer, sin fijarme en el interés que la obra pudiera tener para el estudiante. Cuando llegué aquí leímos una novela de Gustavo Sainz, *La princesa del Palacio de Hierro,* que se acababa de publicar; y cuando estuve en Stanford, leíamos las últimas obras de los autores chicanos, como por ejemplo la última colección de cuentos de Sandra Cisneros, *Woman Hollering Creek,* que se acaban de publicar. Es peligroso a veces, porque después pueden ser obras que ya nadie lee. Hay que encontrar un término medio, leer obras ya reconocidas, pero también incluir las nuevas para que tengan idea de lo que se está publicando.

Le quería prenguntar, por eso aludí a lo de sus cincuenta años de crítico, todo un perío-do larguísimo, si pudiera usted sintetizar, ¿cuáles son los aspectos de su crítica que usted rescataría más, cuáles son sus aportaciones más importantes, para usted per-sonalmente?

Sí, Víctor, primero, mi libro sobre México, que aunque se publicó en 1955, todavía se vende y ha tenido mucha influencia en mucha gente que lo ha leído que ni sabe quién soy; cuando me conocen, dicen, "Ah, usted es el autor del libro". El capítulo que agregué, a la segunda edición, sobre la cultura chicana, ha ayudado mucho a que se siga vendiendo. Luego, mi estudio sobre Azuela, que fue el primero sobre ese novelista y, creo que ya le dije, ese estudio lo hice porque cuando me pidió la *Británica* que escri-biera un artículo sobre Azuela descubrí que no había ningún libro sobre su obra, a pesar de su importancia; fue el primer libro sobre Azuela.

¿Y él murió sin verlo, sin que hubieran escrito un libro sobre su obra? Increíble, ahora se escriben libros hasta de autores que todavía no han publicado un libro.

Sí, él estaba muy resentido contra los críticos, muy resentido. Se le daba más impor-tancia en España que en México. Sí, porque su novela, *Los de abajo,* antes de 1925 no se conocía; y luego lo criticaban, que no sabía escribir, que tenía muchos errores gra-maticales y esto y lo otro. Usted sabe cómo son algunos críticos, que se fijan *[risas]* en un pequeñito error *[risa]*. Bueno, después viene mi libro sobre Juan Rulfo. Ése ya lo escribí aquí en California. Un poco antes de eso, mi estudio sobre la literatura chicana de 1973, que ha tenido mucha resonancia, y también mi estudio sobre el realismo mágico en los 60, que fue muy divulgado, comentado, rechazado y aceptado, ¿verdad? *[risas]*. Bueno, qué otra cosa, déjeme ver, Víctor, . . .

[Hay un largo silencio, me doy cuenta que es imposible resumir en dos frases cincuen-ta años de trabajo.]

Mis estudios sobre el cuento, mi historia sobre el cuento mexicano, que es la única todavía; no hay otra; y también el libro sobre el cuento hispanoamericano, y dos o tres antologías . . . Ésas son obras colectivas, resultado de mi interés en el cuento; como mi tesis doctoral fue sobre el cuento, me clasificaron como especialista en ese género, y lo curioso es que muchos creen que yo escribo cuentos *[risas]*.

Y sí los escribe, aunque se los guarda para usted. Otra cosa, veo que no se deja usted encasillar. Ahora, en su crítica actual lo que es muy importante es su trabajo sobre lite-ratura chicana, pero no deja la literatura mexicana, ¿podría decirme cuál es su último proyecto en esto?

Mi último artículo es sobre literatura mexicana, sobre Sor Juana.

¿Pero tiene planeado algún libro sobre el tema?

Un libro, no. Bueno, en mi libro *Aztlán y México,* que me publicó Gary Keller en Bilingual Press, recogí artículos de literatura chicana y de literatura mexicana, y ahora voy a publicar otro libro sobre artículos de literatura chicana, todos en inglés. Pero no abandono lo mexicano, siempre estoy trabajando sobre autores mexicanos y tendencias mexicanas; pero el libro sobre Murrieta me quita mucho tiempo, y luego me piden trabajos que no puedo rechazar. Cuando me pidieron un estudio en Tijuana, el año pasado, sobre literatura del norte de México, me entusiasmé, pues considero que el tema es importante y quisiera desarrollarlo. Ya tengo bastante información, es cuestión de ponerme a darle forma. No es que haya abandonado lo mexicano, es imposible, es imposible.

He tenido que limitarme, Víctor; cuando me doctoré comencé a publicar artículos sobre la literatura italiana: dos o tres sobre Pirandello, uno sobre Manzoni, y otros; pero tuve que dejarlo, porque no podía estar al tanto. Luego me interesaba mucho Cervantes, y publiqué unos artículos sobre él y otros autores españoles; pero no podía, tuve que dejar lo español también, porque las clases sobre literatura hispanoamericana, y mi *research* y las tesis que dirigía en Illinois no me permitían estudiar y publicar sobre otras literaturas. Y ahora que estoy estudiando la literatura chicana, no puedo dedicarle tanto tiempo a la literatura mexicana. Algunos dicen *[risa]* que en la antología de la literatura hispanoamericana que publiqué con Silverman, titulada *Siglo veinte,* hay muchos mexicanos y un solo colombiano. Yo les digo, "Hagan ustedes una antología *[risa]* y pongan más colombianos".

Usted no oculta las preferencias.

No oculto las preferencias, pero no rechazo ninguna literatura, ni la filipina, que me interesa mucho, la escrita en español.

Un gran mérito suyo es el de reconocer la importancia de la literatura chicana, algo que no les entra a tantos críticos o profesores de español. ¿A qué cree que obedezca tal actitud, la del rechazo, en lugar del interés y la celebración por algo que nosotros estamos viendo nacer, y me refiero a la literatura chicana de los últimos treinta años?

El rechazo de la literatura chicana creo que se debe al prejuicio contra el trabajador mexicano, Víctor; el chicano, aunque nacido acá, es juzgado por el estereotipo que se ha formado del mexicano, considerado generalmente como campesino u obrero, incapaz de producir, según ellos, obras literarias.

Prejuicio social de los académicos que tanto se ufanan de su status social . . .

Y fíjese usted, aquí en Santa Bárbara la semana pasada en el cabildo aceptaron una propuesta en contra de esa proposición que quiere quitar la educación a los inmigrantes que no tienen papeles. El alcalde dice que recibió muchas cartas en contra del voto; hasta cita una de ellas que dice que todos los mexicanos son gente ignorante, que todos los chicanos son ignorantes; hombre, ése es el prejuicio contra el mexicano, en general, y se incluye al chicano.

Hablando de la literatura, entonces eso no se puede separar, ¿verdad?, la cultura de la literatura.

No se puede separar; por eso, tal vez, un profesor, no chicano, de aquí de la Universidad de California en Santa Bárbara, dijo hace poco que "fue un error establecer el Departamento de Estudios Chicanos hace veinte años; no debían de haberlo establecido". Bueno, eso ocurre con todas las materias, la literatura norteamericana no se enseñaba, sólo la inglesa clásica. . . . La universidad ha sido muy cerrada.

Pero su importante contribución es haberse dado cuenta

[Risas.]

de que hay que abrirse o morir en el estancamiento. Bueno, ahora que me dice que acaba de corregir las pruebas de su último libro, y ya para terminar esta conversación, ¿qué sentimiento o significado tiene para usted el dar a la estampa este nuevo y último libro?

Significa una vuelta a *Aztlán y México,* que es una colección de veinticuatro ensayos, la mitad estudios chicanos y la mitad mexicanos; por eso la primera parte es "Aztlán" y la segunda "Anáhuac". Esta otra colección contiene diecisiete ensayos que he escrito en inglés, todos sobre literatura chicana. Así es que va a ser algo diferente del otro. Algunos de estos ensayos era muy difícil leerlos porque habían aparecido en publicados que no tienen mucha circulación. El título de este libro va a ser *No Longer Voiceless,* porque descubrí que en la crítica norteamericana que se hace de los chicanos se dice que no son capaces de escribir y de publicar, ni de leer siquiera; que no tienen voz; por eso los llaman "the voiceless minority", una gente sin voz, una gente muda *[risa].* Bueno, ya es hora de que alguien dijera que tenemos voz *[risa],* que podemos hablar.

¿Y todos los artículos van del siglo XVI o XVII hasta el presente?

Sí, desde los orígenes, Víctor. Tengo uno, por ejemplo, sobre la literatura colonial en California. Otro sobre los orígenes de la literatura hispánica, no solamente chicana, sino hispánica. Tengo uno sobre los orígenes de la poesía bilingüe chicana que inicio con Sor Juana, no, antes, con Rosas de Oquendo, que en el siglo XVI ya usa náhuatl y español, como también Sor Juana usaba el náhuatl. Trazo los orígenes de la poesía bilingüe y termino con dos estudios de las relaciones entre la literatura chicana y la literatura norteamericana, la del *main stream.*

O sea que es un libro que va a tener incidencia en la crítica actual, tan interesada en estos temas y relaciones.

Bueno, yo no lo hago por eso.

Lo digo por los problemas que trata, que son los de hoy de los estudios literarios, hasta el momento.

[Risa.] El libro contiene también un ensayo sobre los dos libros de cuentos de Sandra Cisneros, estudio que no se ha publicado.

Este libro que ahora publica completa su perspectiva actual en cuanto a la literatura chicana y la crítica, ¿se va a tomar un descanso, ahora?

¡No! Mire, mire, acabo de recibir esta carta de Cida Chase, profesora de Oklahoma, en la cual dice:

> No sabe cuánto le agradezco la ayuda que usted me ha dado siempre, como le decía a Francisco, allá en Costa Rica, aquel NEH Seminar que tuvimos con usted le abrió los ojos a mucha gente, pero yo creo que a mí me los abrió más que a nadie; ahora quiero dedicar todos mis esfuerzos a la literatura chicana.

Y luego dice:

> Espero que se encuentre muy bien y disfrutando un poco del verano, ya sé que estará trabajando mucho porque no creo que usted conozca otro modo de vida.

Ése es un muy buen epígrafe para terminar esta conversación.

Una vez me preguntó alguien, "¿Cómo hace usted para encontrar el tiempo para leer y escribir?" Entonces, le dije, "Mi problema no es encontrar tiempo para escribir, mi problema es encontrar tiempo para hacer otras cosas" *[risas]*.

Bueno, para no terminar entonces le voy a pedir que me dé, por escrito, los nombres de algunos de los autores y las obras literarias y de las otras artes que más le han impactado en su vida.

Mis lecturas favoritas, Víctor, han evolucionado con el tiempo, como creo que sucede con todo lector, ya que los gustos literarios cambian con la edad, como es natural. Por esa razón sería prolijo mencionar todos los libros que me han interesado, como usted dice, que han tenido un impacto sobre mi vida. Sin embargo, haré un esfuerzo por recordar cuáles obras han dejado una huella en mi modo de pensar o ver el mundo y la vida.

De joven, como toda persona a esa edad, leía obras de aventuras, sobre todo traducidas, como *Los tres mosqueteros* y *Los miserables;* la última me dejó un deseo de luchar contra las injusticias; de allí pasé a leer los clásicos españoles y mexicanos, *Don Quijote,* el *Lazarillo, El Buscón, El Periquillo Sarniento, Los bandidos de Río Frío* de Payno, *Santa* de Gamboa y las *Memorias* de Fray Servando Teresa de Mier. Las obras de Cervantes son tal vez las que más influencia han tenido en mi vida, pues constantemente me refiero a ellas, tanto en lo que escribo como en las conversaciones. Años más tarde tuve la oportunidad de estudiar esas obras sistemáticamente (en la Universidad de Chicago), no sólo el *Quijote* sino también las llamadas "obras menores", como los dramas (especialmente *La Numancia,* que termina con la heroica muerte del último habitante), los entremeses, las *Novelas ejemplares* y su última novela,

Persiles y Sigismunda. Un poco más tarde tuve la opotunidad, en Emory University, de explicar el *Quijote* a estudiantes de posgrado. La picaresca siempre me ha atraído, tanto por el humor como por la descarnada descripción de las debilidades sociales, tanto en España como en México. Recientemente, leyendo a Baktín, me encontré esta referencia a Quevedo: "*El Buscón* (written in 1608 but not published until 1626), [is] one of the most heartlessly cruel books ever written". La novela de Payno la recuerdo no tanto por las numerosas aventuras, sino por la crítica política que allí encontramos de la época de Santa Anna; y en la de Mier, considerada como la mejor autobiografía mexicana (que en la tumba no nos oiga Vasconcelos), la sátira de las costumbres españolas y mexicanas de la época de la Independencia. En la novela de Gamboa, que es la que más se acerca a la escuela naturalista francesa, son memorables las imágenes de la Ciudad de México de entre siglos.

Los libros latinoamericanos me llegaron un poco más tarde: *María, La vorágine, Don Segundo Sombra.* En el México que abandoné en los años 20 predominaba la novela española. De Hispanoamérica, tal vez por la falta de comunicaciones, sólo se leía la *María* de Isaacs. Fue en Chicago cuando me aficioné a la lectura de los modernistas, las novelas de la tierra, sobre todo *La vorágine* de Rivera, que me dejó una profunda impresión por las descripciones de la selva y su dramatización de la épica lucha de los recogedores de caucho contra la naturaleza y quienes los explotan; me dediqué también, y con ahínco, al estudio de la narrativa de la Revolución Mexicana; a Galdós y su *Misericordia,* impresionante por la caracterización de la protagonista y las descripciones de la pobreza en el Madrid de la época, comparable a las que hace Dickens de Londres; de los escritores del 98 me atraía Unamuno, con su penetrante estudio sobre el sentido trágico de la vida, y Baroja, con la satírica crítica de sus contemporáneos en *Juventud, egolatría.*

Dando una vuelta en el tiempo, de la Edad Media mis favoritos son el Arcipreste de Hita, algunas de cuyas fábulas no se me olvidan; y mi interés en la *Celestina* no ha decaído, pues quién puede olvidar la magistral caracterización de esa mujer. Y por supuesto, como ya le he dicho, Dante y Boccaccio; después de Cervantes, *La divina comedia* es sin duda la obra que mayor huella ha dejado en mi persona. Las imágenes inolvidables del infierno constituyen parte integrante de mi vida: el libro que une a Paolo y Francesca; Ugolino devorando a sus hijos; Luzbel incrustado en hielo, y tantas otras. Volviendo a España, a su Siglo de Oro, hay que añadir el nombre de Calderón y su comedia *La vida es sueño,* sobre el tema del libre albedrío y la presencia de Segismundo, el Hamlet español. De los cronistas ya le he hablado. Mencionaré, sin embargo, a Bernal Díaz del Castillo, en cuya *Verdadera historia* encuentro la mejor visión de la conquista, contada, por un hombre del pueblo, en estilo llano y corrido.

Fue en Chicago donde comencé a leer, en inglés, a los clásicos: Platón, las comedias de Aristófanes, las *Vidas paralelas* de Plutarco, las vidas de los césares de Suetonio; de Platón me impresionaron los *Diálogos* y, por supuesto, *La República,* en la cual se encuentra la imagen de la cueva, que ha servido a los filósofos para exponer sus teorías sobre la naturaleza de la realidad; y como a Borges, también me impresionó a mí el concepto de las imágenes universales. A Aristófanes lo recuerdo por sus comedias, en las que, a través del humor y la sátira, expone las debilidades de la gente de su tiempo.

Las biografías de Plutarco y Suetonio me iluminaron acerca de la existencia de la corrupción entre los dirigentes del mundo llamado clásico; de los estoicos, sobre todo de Epicteto, aprendí cómo controlar mis acciones; además, lugar prominente en mis recuerdos ocupan el *Candide* de Voltaire, *El príncipe* de Maquiavelo (quienes me enseñaron a penetrar en la mente de los gobernantes), las comedias de Shakespeare y las novelas de Dostoyevsky y Manzoni, todos ellos grandes escritores que me han ayudado a conocerme y a conocer a mis semejantes. Me aficioné, como, ya le dije en alguna de estas conversaciones, a los filósofos, siendo mi favorito Bertrand Russell. También Whitehead, a quien oí hablar en la Universidad de Chicago. Las obras de estos dos escritores me han ayudado a comprender la realidad, tan difícil de captar intelectualmente. Entre los antropólogos el que más me atraía era Franz Boas, por su interés en las culturas indígenas de las Américas, como después Lévi-Strauss; ambos han escrito obras valiosas que me han ayudado a interpretar las estructuras de los grupos humanos.

Mi afición a los autores contemporáneos se centra en varios escritores hispanoamericanos, chicanos y norteamericanos, entre ellos Azuela, Borges, Paz, Fuentes, García Márquez, Rulfo, Poniatowska, Tomás Rivera, Hinojosa, Morales, Cisneros, Faulkner, Hemingway y Cormac McCarthy; sus obras han sido para mí el pan de cada día; sin su lectura mi vida sería más pobre, más monótona.

En cuanto a las artes, brevemente le diré que mi gusto se inclina hacia la música clásica, la ópera y la pintura de todos los tiempos. De los pintores prefiero a los españoles y los mexicanos, de Velázquez a Goya y de Goya a Picasso; y en México de Velasco a Orozco y Rivera. Esto no indica que desprecie las artes populares. No, de ninguna manera. Gozo tanto con las canciones tradicionales como con los últimos corridos; con las artes populares como con el teatro popular.

Del cine ya hemos hablado en todas estas conversaciones y creo que no es necesario repetir lo que ya se ha dicho. Sólo quiero añadir que el cine para mí complementa a la literatura, pues nos ofrece imágenes visuales de la realidad, mientras que el mundo de la obra literaria es necesario imaginarlo, lo cual depende de la riqueza de nuestras experiencias vitales. Me interesa ver cómo capta el cineasta el texto literario. Hay obras, como *Pedro Páramo*, que creo que es imposible trasladarlas a la pantalla. En cambio otras, sobre todo aquéllas en que predominan las aventuras, a veces el film mejora el texto. Mencionaré algunas películas que me han proporcionado imágenes visuales que mantengo vivas al lado de aquéllas cuyas fuentes han sido los textos literarios.

Sin contar las comedias de Chaplin, de los 20 recuerdo la película *Metrópolis,* de Fritz Lang, por la visión que nos da de una urbe del futuro, con su sociedad mecanizada; del 30 recuerdo, entre otras, escenas de las películas de Eisenstein, especialmente *Alexander Nevsky,* de proporciones épicas, y *Viva México,* que el director dejó sin terminar y en la cual captó excelentes imágenes del Día de los Muertos; también de los 20 la película antibélica *All Quiet on the Western Front.* De los 40 me quedan recuerdos, tal vez porque se trata de una novela mexicana de Traven, de *The Treasure of the Sierra Madre.* Entre las más recientes, casi todas las de Buñuel *(Los olvidados, Subida al cielo),* Fellini *(Amarcord, La Strada),* Bergman *(Wild Strawberries)* y Bertolucci *(1900).* Entre otras películas mexicanas tengo recuerdos de la popular *Reed:*

México insurgente, de Paul Leduc; *El castillo de la pureza,* de Ripstein, con guión de José Emilio Pacheco; una película de realismo mágico titulada *Yanco,* según parece basada en una leyenda polaca, y casi todas las otras de Ripstein y del recién surgimiento del cine mexicano. Y ya con ésta me despido, pues la lista se alarga. Con tantos años, Víctor, los impactos han sido muchos, muchos.

17

EPÍLOGO O ¿NUEVO COMIENZO? FRENTE AL MAR PACÍFICO

Enero de 1995

He elegido como marco de nuestra última conversación en este mirador frente al Pacífico, que le vio partir para la Segunda Guerra Mundial, rumbo a Nueva Guinea. ¿Tiene el mar alguna connotación especial para usted?

*L*a primera vez que vi el mar fue en el Golfo de México, pero no es igual que verlo aquí en el Pacífico; sobre todo en el viaje que hice a las Filipinas, que duró treinta días *[risa];* así es que ya estábamos totalmente agotados cuando llegamos. Pero no hay duda de que es una gran impresión la que causa el mar, mucho más profunda que el viaje por avión; en el mar está usted en contacto directo con la naturaleza y todo el ambiente marino, que es muy distinto a lo que se ve desde una perspectiva en avión.

Hoy está calmado el mar, en este día de fines de enero de 1995, de este enero que ha entrado con gran furia devastadora; grandes lluvias e inundaciones aquí en California, el terremoto trágico en el Japón, la guerra en Chechenia, la devaluación del peso en México. ¿Es esto el galopar de los cuatro jinetes del apocalipsis que arriban con el fin del milenio?

No soy tan pesimista, Víctor, como para pensar que va a haber un gran cambio en el siglo XXI, sobre todo en los primeros años, porque ya con la caída de la Unión Soviética las guerras, por lo pronto, parece que no van a ser mundiales; continuarán esas guerras regionales, como en Bosnia, aun dentro de la misma Rusia, pero creo que va a pasar un tiempo de reajuste, sobre todo en la economía. Tiene que haber un cambio; el dominio comercial de Estados Unidos, Europa y el Japón no puede continuar sin dar ayuda a otras naciones para que se desarrollen.

Siguiendo con la mirada en el mar, y la metáfora de la vida como viaje que evoca el prototipo de Ulises y su viaje, lleno de obstáculos, y su vuelta al hogar, Ítaca, su lugar de nacimiento o su propio centro. ¿Cómo relaciona el viaje de Ulises con el de su propia vida? ¿Su Ítaca más que el retorno a la nativa Linares no podría ser al espacio simbólico de Aztlán, con el que usted ha estado tan identificado en estos últimos tiempos? ¿Cómo ve esto?

Ya no hay un centro, sino varios centros. El hogar propio, eso sí, siempre se desea volver al centro. Esta mañana estaba leyendo un cuento de Luis Rodríguez, escritor chicano, en el cual Susana, de Nayarit, en East L.A., acepta el hecho de que no puede volver. Sin embargo, también sueña ser enterrada "deep in Nayarit soil. In my red hills. In my cactus fields". Así es el deseo, algo muy humano, general, de querer volver a los orígenes. En el caso de Ulises, cuando vuelve nadie sabe quién es, porque todo ha cambiado; es el perro el único que lo reconoce. En la literatura norteamericana, y mucho en la mexicana, se da el tema del "retorno imposible", de no poder volver a los orígenes. Hay una contradicción . . .

Por eso le he preguntado que si para usted la vuelta a los orígenes sería aquí a Aztlán. . . .

Bueno, los aztecas dejaron Aztlán para fundar un centro en Tenochtitlán, y luego quieren saber la historia y vuelven, pero no vienen a Aztlán en busca de una mejor vida; los mexicanos vienen al nuevo Aztlán, ya no al Aztlán mítico, sino al Aztlán donde la vida económica resulta mejor . . .

Entonces, Linares para usted ahora . . .

Linares para mí significa el origen, la juventud, pero desde que salí solamente he vuelto unas cuantas veces y no tengo deseos de volver; de vez en cuando digo, bueno, quisiera volver a Linares, pero es imposible, sería imposible volver a Linares a vivir. Sin embargo, el lugar de origen siempre atrae, no hay duda.

Aranguren, a quien usted conoció aquí en Santa Bárbara, dice en sus "memorias" que el ser fiel a la vida requiere cierta "infidelidad", en cuanto lo contrario de una fijación. En su vida, se da esto, aunque los cambios no parecen alterar mucho un perfil de fidelidad a sí mismo y a un destino que se marcó desde muy joven, pero, pregunto, si ha habido, en sus distintas fases, viejas ataduras o lazos de las que se ha tenido que liberar.

Hay dos tendencias en la vida: una, que lo retiene a uno debido a la tradición, y la otra que lo atrae a la novedad. Los cambios en mi vida han dependido mucho, no en la fuerza de la tradición, sino más bien en el deseo de vivir nuevas experiencias; como mi venida a Estados Unidos, muy distinta de la vida en México. Ése es un aspecto; el segundo es que muchas veces el ser humano no puede decidir lo que le va a pasar y tiene que adaptarse a las condiciones; por ejemplo, cuando terminé el doctorado no podía quedarme en Chicago, y tuve que ir al Sur, porque fue donde me ofrecieron un puesto; no eran mis deseos, yo nunca pensaba en ir a Mississippi; lo que pasó allí me obligó a salir. Cuando me jubilé, podía haberme quedado allá en Urbana el resto de mi vida, en la biblioteca y haciendo no sé qué, porque no hay nada que hacer allí *[risa];* pero me vine a California, por una casualidad, por haberme encontrado al profesor Reynolds, como ya dijimos, y haberme ofrecido aquí en Santa Bárbara un puesto por un año. En 1991 me invitaron de Stanford, donde estuve dos años; pero si me invitan otra vez, no sé si iría a otra universidad a enseñar o mejor quedarme aquí, junto al mar, en este paraíso terrenal que es Santa Bárbara.

Pero en el plano de la brújula interna, de su vida y convicciones, ideas, valores, convencionalismos, ¿ha habido lazos de sus vida que ha roto en su seguir hacia adelante o de que se ha tenido que liberar?

No sé qué decirle, Víctor, no puedo pensar en una crisis interna que me haya obligado a cambiar la ruta que he seguido; no es la que yo había planeado, porque no se sabe, no se sabe. Yo no pensaba que me iban a llevar a Nueva Guinea y a las Filipinas; si me hubieran llevado a Francia o a Italia, como a mi hermano que estuvo en Alemania y en Italia, o mi primo que estuvo en el norte de África, tal vez mi vida hubiera sido diferente a partir de la guerra, o tal vez no hubiera vuelto. No, no puedo decirle si en ese momento de mi vida hubiera sufrido un cambio sicológico o ideológico.

Se dice que las historias se cuentan pero no se viven y que la vida se vive pero no se cuenta, usted que es tan agudo crítico de las historias literarias, ¿cree que es posible cerrar esta brecha entre historia(s) y vida?

Yo creo que todo autor que escriba tiene que recurrir a sus propias experiencias, aunque las disfrace. No se puede separar lo vivido de lo imaginado, y muchas veces nosotros mismos no sabemos si lo que nos pasó fue un sueño o fue una realidad; pudo haber sido un sueño, sobre todo en los recuerdos de la juventud. Por ejemplo, yo me acuerdo de algunas cosas que mis hermanos no recuerdan y ellos se acuerdan de otras cosas; entonces yo me pregunto, ¿sería algo que me pasó o que soñé?; es difícil separar lo vivido de lo imaginado . . .

Y lo contado tiene mucho que ver con la vida.

Las historias nos cambian, no hay duda; lo curioso es que cuando se lee una historia, uno se acuerda de ciertos aspectos. Fíjese lo que me pasó anoche; buscando un libro que necesitaba, encontré el ejemplar en italiano del libro de Edmundo d'Amici, *Cuore* . . .

Ah, sí, el libro de lecturas de su infancia, con que comenzamos estas "memorias", y que ahora al terminarlas vuelve a sus manos, en un ejemplo literario del eterno retorno . . .

Entonces, se me olvidó lo que andaba buscando y me puse a leerlo y leí uno de los cuentos que se llama "De los Apeninos a los Andes", en italiano, que yo de niño había leído en español, pero ahora puedo leerlo en italiano. De ese cuento sólo me acordaba de las descripciones de las ciudades argentinas, Buenos Aires, Rosario, Córdoba, Tucumán; era todo de lo cual me acordaba, no me acordaba del resto de la historia; ¿por qué se me quedó eso en la memoria? Es un problema que no se puede explicar, Víctor, yo no puedo explicar por qué ciertas imágenes de una obra se le quedan al lector en la mente y eso es lo que tiene influencia en su vida.

Bueno, el hecho de que usted no haya escrito su autobiografía ya dice algo de lo que piensa del género, aunque estas conversaciones tienen mucho de esa autobiografía, ¿pero qué piensa usted que es la utilidad o el sentido de las biografías y de las memorias?

Tienen varios sentidos; uno es el de documentar la vida de una persona y, al mismo tiempo, de la comunidad en que vive; la segunda es presentar un modelo de vida. Yo he leído muchas autobiografías; una que me ha influenciado mucho es la de Henry Adams, otra la de Benvenuto Cellini, otra ha sido la de Vasconcelos, el *Ulises criollo*. Esas autobiografías dejan una constancia de una vida y muchas veces pueden servir de modelo a otros, aunque no necesariamente, pues se puede rechazar totalmente esa vida; pero lo que uno no sabe es hasta qué punto es ficticio lo que se cuenta. Hace varios años, en Los Ángeles, me invitaron a presentar un trabajo; decidí hablar sobre el *Ulises criollo*, no como una autobiografía, sino como una novela, porque tiene muchos aspectos de novela.

En estas conversaciones biográficas, para usted ¿qué es lo que puede tener mayor relevancia en dejar esta constancia de su vida?

Para mí, tal vez sería la de un mexicano que vive en Estados Unidos y que ha sabido sobrevivir en los ambientes académicos *[risa]*; sería un ejemplo de otra forma de vida.

¿Ve su vida, su experiencia, vinculada a la de la comunidad del mexicano en los Estados Unidos, más que la historia de sus experiencias personales?

Exactamente. Sí insisto en esto, en la relación de la persona con la comunidad.

En esta inacabada historia de su vida, cuyas conversaciones concluimos hoy creo que se pueden inferir varias constantes que quizá podrían verse también como fórmula o secreto de su longevidad creadora: (I) la de considerarse como un yo inacabado, y como un discípulo en formación de esas obras de literatura y de cultura, que usted continuamente está leyendo y adora; (2) la de que, por otra parte, no se cierra en la autocontemplación subjetivista, sino en una relación activa con los demás; (3) y la de que, pese a sus largos años vividos, tiene una gran inclinación a vivir en el presente, mirando hacia el futuro. ¿Algún comentario sobre esto?

Bueno, la primera. La vida o el yo inacabado. Esto tiene mucho que ver con la idea, una idea estética, de que no puede haber algo perfecto, siempre estamos aprendiendo, siempre estamos cambiando. Yo no puedo decir, "Ya sé todo", "Ya no voy a leer un libro más", sería como decir, "Ya no voy a vivir"; no puede uno decir eso *[risas]*. Siempre me pregunto, "¿Por qué estoy haciendo esto, por qué ando buscando esta información, por qué acepto esta invitación para leer un trabajo y por qué ando tomando notas todo el tiempo, para qué las necesito?" *[risa]*. Bueno, es que en mi concepto de la vida, yo no creo que ninguna persona pueda decir, "Ya voy a dejar de vivir".

La segunda pregunta ¿cuál era, Víctor?, repítala.

Que no se cierra en la autocontemplación de su vida, que su vida siempre está en relación activa con los demás . . .

Sí, eso sí, pero no puedo explicar el origen o por qué lo hago; es una tendencia en mi vida; siempre trato de hacer lo que hago en relación a la sociedad, a la comunidad. Nunca pienso que lo que voy a hacer lo hago porque me voy a beneficiar. En cambio, creo que beneficio a otros y es el único motivo que me mueve en cuanto a mis relaciones con la comunidad. No tenía necesidad de haber estado en la Casa de la Raza diez años, como miembro de su mesa directiva, pero me interesan los problemas de la comunidad y quiero estar al tanto de lo que está pasando. A ver si se puede ayudar. ¿Y la tercera, Víctor?

La tercera, la de no fijarse mucho en el pasado, aun en estas conversaciones dedicadas a su memoria ha sido difícil bucear en sus recuerdos del pasado, porque usted está muy abocado a vivir en el presente y mirando al futuro; nunca le he oído hablar a usted de "los buenos tiempos del pasado", o mencionar aquello de que "todo tiempo pasado fue mejor . . ."

Muy bien, bueno, Víctor, es que he estado tan ocupado con el presente que no tengo tiempo de ver el pasado. Y varios me han pedido que escriba mis memorias. Usted mismo muchas veces me ha preguntado que por qué no escribo mis memorias; Juan Rodríguez y otros me preguntan lo mismo, pero es que no tengo tiempo de detenerme para ver hacia el pasado. Tal vez un día de éstos diga, "Ya no voy a hacer nada nuevo, voy ahora . . ." pero no, no me dan deseos de hacer eso, no me dan deseos de decir, "Voy a dejar de escribir artículos o libros y voy a ponerme a recordar el pasado", eso no entra en mí. Para mí, lo mejor es el presente. Ahora, el futuro no lo podemos saber.

Aunque ya ha dicho al principio de esta conversación que no ve el apocalipsis cernirse sobre nosotros, pero dada la crisis civilizatoria en que vivimos, después de haber vivido casi todo el siglo XX, ¿ve usted con pesimismo o con optimismo el futuro?

Sí, uno de los grandes problemas, y ya creo que hemos hablado sobre todo esto, es la explosión demográfica que puede llegar a un momento en que ya no se pueda vivir. Sin embargo, ya desde hace mucho, desde Darwin, se había dicho eso y no se ha cumplido, porque siempre se inventan nuevos . . . En Illinois había un famoso matemático que nos acompañaba cuando íbamos en las caminatas los sábados, que tenía la idea de que no importa el problema que surja, siempre se encuentra una solución; yo comparto esa idea de que siempre se puede encontrar alguna solución, que hay siempre una posibilidad de seguir adelante, porque no creo que la humanidad desaparezca. Pero también puede ser que ocurra una catástrofe—el ejemplo de moda hoy es el de los dinosaurios que desaparecieron *[risa]*—, que se repita una catástrofe de esa magnitud que ponga fin a la vida humana, puede ser; o un terremoto o un aerolito que choque con la tierra, no sabemos. Pero de otro modo, yo creo que la humanidad va a sobrevivir.

Y ya para acabar, como este libro, desafiando el tiempo en que vivimos envueltos, que nos vive, quedará para la posteridad, ¿quiere para terminar decir algún pensamiento o alguna frase así "trascendente"? Para cerrar el libro y la vida, la vida del libro.

[Risa.] Bueno, yo creo que lo más importante es tratar de vivir sin prejuicios, que todos los seres humanos sean tratados igual, que desaparezcan los prejuicios raciales, que desaparezca la pobreza, bueno eso sería ya una utopía; tratar de trabajar con el fin de hacer la vida para todo el mundo más accesible a la oportunidad de vivir, no digo feliz, sin tener que sufrir como se ha sufrido tanto en este siglo, en el siglo XX, que ha sido uno de los peores. Ayer se celebró el aniversario de la muerte de tantos millones de judíos; bueno, espero que eso no surja otra vez.

Ahora, en cuanto a mi persona, yo solamente quiero decir que mi gran interés ha sido siempre la cultura hispánica, España e Hispanoamérica, en que los países hispanoamericanos vivan en paz, si cabe. Sin embargo, esta mañana la noticia de que el Perú y Ecuador ya están ahí otra vez . . . Espero que se pongan de acuerdo para que vivan mejor, que se pongan de acuerdo en lo económico, en lo político. Lo hispanoamericano, el mundo hispano, tiene grandes posibilidades, Víctor, pero siempre estamos en desacuerdo, nunca nos ponemos de acuerdo en cuanto a la política que hay que seguir.

Y esta mirada desde aquí al mar que lleva a las islas, al infinito, la vida, la muerte, el ser, el mundo del más allá . . . Veo que no hay muchas de esas preocupaciones metafísicas, expresadas en nuestras conversaciones . . .

En esa isla, creo que fue en esa isla donde murió Cabrillo, el primer explorador del canal de Santa Bárbara, en 1540 y tantos, y aquí estamos nosotros, viendo esas islas que nos hacen pensar en la historia, no sólo de California, sino de todos esos grandes movimientos del siglo XVI, sobre todo con España, cuando logró repoblar la mitad del mundo. Así es que para mí la relación del hombre con la naturaleza es muy importante, porque siempre nos pone en contacto con el pasado; y precisamente en este cuento que leía yo anoche de De Amici, "De los Apeninos a los Andes", un joven de Génova va a la Argentina en busca de su madre y llega a Buenos Aires, donde piensa encontrarla, pero le dicen que ya no está allí, que se ha ido a Córdoba. Entonces va por el Paraná y dice que se emociona con el paisaje, sobre todo, dice, porque ese paisaje lo vio su madre, y le permite comunicarse con ella a través de ese paisaje . . . Ahora diga usted algo, Víctor, para terminar.

No, no, la última palabra es suya . . . ahora la emoción esa de la madre, del paisaje y de la naturaleza, que también se puede convertir en angustia o temor, ante nuestra insigni-

ficancia, confrontado con ese misterio, el de un infinito sin principio, ni fin, incomprensible por nuestra mente, Dios, el misterio del misterio, ¿es algo que nos empuja?

Sí, yo muchas veces me pongo a pensar, como todos, que más allá de nuestro universo hay otros universos, pero eso es un placer intelectual, no un placer estético como cuando vemos el mar y luego las montañas, las nubes . . .

"Las nubes que pasan", para seguir con la expresión de Azorín, ¿pero no hay un sentimiento de angustia o zozobra, al darnos cuenta que todo este sentido que damos a la vida, nuestra propia vida, no es nada, la idea de la nada, el caos . . .

Con esas palabras se planta usted en el idealismo filosófico, según el cual la realidad empírica no existe, ¿verdad? [risa]; para algunos puede haber angustia, algunas personas pueden decir, "Esto se va a acabar o no existe, es un espejismo" . . .

Entonces usted se afirma en el materialismo, aunque no sea dialéctico, la vida está aquí . . .

Exactamente, estamos aquí o "aquí nos tocó", como decía aquél [risa] . . .

Bueno, yo creo que aquí esto se acabó, aunque usted sigue siendo Luis Leal y yo Víctor Fuentes, ahora le pasamos la palabra al lector/a.

[Mientras salimos del Beach Side Cafe, en el muelle de Goleta se me cae la grabadora; con el sobresalto de que nuestras voces se hayan roto con el frágil aparato, lo recojo del suelo, donde ha seguido grabando; el "oh, oh" de mi aprensión, se diluye en el creciente sonido de la música de rock 'n' roll que ha sustituido a nuestras voces, "y todavía se mueve".]

¿Qué es lo que se mueve? Ah, sí, el aleteo de una gaviota que se aleja hacia el mar, hacia las islas; no, es una paloma.

> Vuela, vuela, palomita,
> párate en aquel nopal;
> dile a Víctor: —Se acabaron,
> las respuestas de Luis Leal.